笭菁作品06

妖異魔學園

CHILDREN'S MAY DAY

兒童劫

笭菁 著

CONTENTS

妖異魔學園

DEVIL ACADEMY : THE SCHOOLHOUSES

楔子

女人認真的在一大片地上翻著土，時不時抬頭看一下坐在一旁玩耍的孩子們，一男一女的孩童正坐在地上玩，光沙土就能讓他們玩得不亦樂乎。

「小心點，不要被石頭弄傷了！」安娜不忘高喊著，就怕這對孩子玩過頭。

孩子抬起頭，手上正拿著石頭玩呢，朝著母親隨便點點頭應付了一下，他們玩得正開心，哪聽得見媽媽在說什麼。

「法蘭克，你要顧好妹妹喔！」安娜再多交代一句，六歲的哥哥照顧三歲的妹妹綽綽有餘，在這個世代裡，孩子必須早熟。

安娜耕耘著跟人家租來的地，種些蔬果便可以省許多菜錢，丈夫工作也很辛苦，現下已經生了兩個，她慈祥的撫著肚子，肚裡頭又有了一個，家庭開銷只會越來越大。

這是個女人只需要負責生育的年代，人類數目極少，又面臨著許多非人族群的威脅，生育與傳宗接代變得更重要，否則人類將輕易滅亡。

只是生活不易開銷又大，她才想盡棉薄之力幫助家計，不讓丈夫一個人扛起重擔；自己種的蔬果成本低數量也相當豐足，他們便能存更多的錢，給孩子帶來更好的生活。

只要一家安樂，她也就心滿意足。

努力的翻土，等等她要撒下新的種子，這樣不出一個月又有新生的青菜可以食用了！這塊地不大，但是自給自足倒也足夠，她還在旁邊硬爭取些空間種了兩棵果樹，連水果也不愁。

噠噠噠噠。

小女孩抬起頭，越過哥哥法蘭克身後看去，不遠處的竹林裡，有著奔跑的身影，她眨著圓圓的眼睛，好奇的看著一抹影子掠過。

「什麼？」法蘭克注意到妹妹的狀況，不由得回首，果然看見林子裡有人。

誰呢？他好奇的注視著，終於注意到不止一個人，是兩三個人在那邊奔跑，而且都是小孩子。

有個身影停了下來，彷彿在看著他們，然後伸出了手，朝著他們招呀招，彷彿在說：快點來！過來一起玩啊！

妹妹站起來了，用著不穩的步伐朝林子那兒去，哥哥有些擔心的瞥向媽媽，媽媽說只能待在這邊，不可以到處跑的……可是，他們看起來好像很好玩耶，在玩什麼呢？

兩個孩子開始往林子裡移動，小心翼翼的怕被媽媽看見，他們聽見了笑聲，還有玩樂的聲音，好想知道到底是什麼這麼好玩！

法蘭克緊牽著妹妹，又有點擔心，媽媽說樹林很可怕，小朋友不應該一個人進去……但是這裡又不是無界森林，只是普通的樹林而已對不對？而且，明明就還有其他的小朋友在一起玩。

來呀！來玩嘛！有個女孩明顯地站在裡頭，手裡正抱著顆球，注意到他們逼近，立刻熱情招手。

「一起來玩球！」女孩說著，這讓法蘭克喜出望外，其他小朋友願意讓他們一起玩呢。

接著，旁邊傳來沙沙聲，不一會兒有個男孩從林子裡走了出來。

超級可愛的圓嫩臉頰，像洋娃娃般的外國男孩，他與這對兄妹距離有五公尺之遙，驚愕的望著他們，彷彿也沒想到這兒會有人似的。

法蘭克讚嘆的看著那似洋娃娃的男孩，外國的小孩子都超可愛的耶，他有些目瞪口呆，只是手邊的妹妹搖著他的手，想要往林子去。

金髮男孩也注意到他們的去向，狐疑的往林子裡瞥去。

法蘭克莫名其妙紅著臉跟金髮男孩隨便笑笑，就拉著妹妹往林子裡去，那兒嬉鬧聲不斷，孩子們的笑聲多吸引人吶！

金髮男孩噘著嘴看著走進林間的兄妹，再立刻看向兩點鐘方向那正努力播種的母親背影，他遲疑了一會兒，聳聳肩，決定繼續走自己的路，往前筆直步去。

喀啦，一顆滾動到腳邊的石頭引起了母親的注意，她倏地回首，卻不見自己的孩子，只見剛好在她身後經過的男孩！

「哥哥？」她驚恐的喊了出來，嚇得金髮男孩一跳。「妹妹呢？法蘭克……」

她跳了起來，環顧四周發現自己的孩子不見了！眼神對上金髮男孩的雙眼，彷彿在問：我的孩子？

金髮男孩眨著可愛的眸子，毫不猶豫的指向了林子的方向。

「啊啊……謝謝！」她焦急的直接朝著林子奔去，「哥哥——」

男孩噘著嘴，他一點都不覺得跑進去是正確的。

安娜慌亂的衝進了林子裡，一邊呼喊著自己孩子的名字，「法蘭克？羅絲？你們在哪裡！」

『在這裡在這裡……』林子裡傳來了詭異的迴音，『我在這裡在這裡……』

「法蘭克？」安娜不安的扯開嗓子高喊，這兩個孩子是怎麼回事？

而且，奇怪……她轉了一圈，平常這林子有這麼陰暗嗎？她仰頭向天，霧氣也不該這麼濃，還有溫度似乎也降低許多？

『媽媽——』石破天驚的尖叫聲傳來，讓母親心頭一揪。

「法蘭克！」她聽得出來，那是哥哥的聲音啊！

她朝著聲音急起直追，只見霧氣越來越濃，哭聲也越來越響亮，但是，終究讓她看見了站在那兒的孩子了！

「法蘭克！」她急切的半跪下身子衝到孩子面前，一把將他扳了過身，「你怎麼可以跑進林子——」

轉過來的孩子正瞪大眼望著她，但是七孔正汩汩流著鮮血，歪著的頸子被撕開了一大段，肌肉外露，連肩胛骨都顯而易見。

『媽媽，妳來找我了喔……』眼前的孩子出了聲，他仍在說話。『嘻嘻嘻，好開心喔！』

只是聲音不是來自於嘴巴、喉間，而是……再往下的肚子裡。

「啊啊啊……」安娜驚恐的鬆開手後退著，看著她的兒子發出令人毛骨悚然的笑聲，全身不停的抖動著。

『媽媽，妳肚子裡好像還有小寶寶……』法蘭克的肚子開始隆起，跟懷孕的她一樣越隆越大，『我最喜歡小寶寶了，在肚子裡的更嫩了……』

母親驚恐的看著那隆起的肚子，啪沙瞬間肚皮爆裂，裡面鑽出的是一張猙獰噁心的臉龐，那是惡鬼……她知道的！是來自地獄的惡鬼，黑褐色的肌膚，乾癟皺褶，紅色的眼眸，黑色的瞳孔，還有那如獸般的牙齒——為什麼地獄的惡鬼會在結界之內！整個鎮上都應該有結界防護的啊！

惡鬼自孩子腹內鑽出，張大著血盆大口瞬間向上吞沒了孩子的身體，女人知道自己應該要跑，因為人若是與惡鬼結合，只怕會成為嗜血的「鬼獸」，到時候，法蘭克根本不會認得她是誰！

但是她動不了啊，那是她的孩子，她怎麼可能放他一人……還有妹妹呢？羅絲在哪裡……

『媽媽……』聲音來自她的頭頂，『妳忘記我了嗎？』

啪噠、啪噠，濃稠鮮紅的血液滴上她的額頭，母親一凜，伸手抹下那鮮紅欲滴的血，戰戰兢兢的往上看。

她看見了，她最愛的孩子，女孩正攔腰掛在樹上，她的天靈蓋已然消失，而樹梢上濃霧盤踞，她根本什麼都看不清楚，卻可以看見又一隻不屬於人類的手，正以手當湯瓢，從她女兒的腦子裡挖腦髓出來品嚐。

這裡，是鎮上普通的林子，雖然靠近傳說紛紜的萬人山，但都還是有符咒與結界保護的——不可能會有這些非人的怪物啊！

她的孩子、她的孩子已經慘遭毒手了！不能再賠上肚子裡這一個！

心所想牽動行動，安娜立刻拔腿往前奔去，剛剛她是從哪個方向來的？她要跑出去，無論如何要保護肚子裡的孩子，還要告訴所有人，他們鎮上已經被入侵了——

唰！肚子一陣刺痛，女人戛然止步，感受到熱流自肚皮流出並且往下滑上了腿，在她面前，曾幾何時站著一個兩顆頭的怪物，正舔著指甲上的鮮血，喜不自勝的盯著她的肚子。

『從肚子裡挖出來的孩子，最好吃了。』妖獸嚥了口口水，啪嘰伸手刺進她的肚子裡，比刀還銳利的指甲左右切開了她的肚子，她痛得倒抽一口氣，感覺到有什麼從她的肚子裡被拉出去了。

「哇呀——呀——」

孩子……她的……「妖、妖獸……」

她領會到了，眼前的怪物是妖獸，一種非常喜歡凌虐人為樂的怪獸，喜歡吃人，特別是孩子，而且多半在吃下肚前，會極盡所能的虐待人類，使其生不如死……

被拉出肚子外的肉塊用一條滴著血的臍帶與她相連著，她撞上了樹，不知道是過度疼痛使得她麻痺了，還是恐懼凌駕過一切。

她雙腿一軟的往地上滑去，看著那怪物珍惜般的捧著她的孩子……打量著、把玩著。

『妳覺得我應該從哪裡開始吃呢？』妖獸咯咯笑著，四張嘴同時仰天大笑著。

從哪裡……那是她的孩子啊！

「啊啊啊啊！」母親忽然鼓足勇氣，站起身朝著妖獸狂奔過去！

她可以感受到肚子裡的東西都從那裂口震盪滾出，血流不止，痛得讓她站不起身子，但是她被滿腔的怒火襲捲，第一次有了獨自面對妖獸的勇氣——妖獸嘎呀一聲，轉瞬朝上頭躍離，女人可以感受到腹中的臍帶倏然一緊，拉扯著身子。

眨眼間臍帶驟軟，一條紅色的帶子自她面前落下，妖獸扯斷了嬰兒身上的臍帶。

啊啊……母親痛苦的倒地，耳邊傳來沉重的足音。

『媽媽……』龐然大物逼近，她虛弱的往右邊看去，只見到血紅的一雙大腳掌……還有她兒子的聲音。

『我肚子餓了。』

她仰起頭，看著那不甚清楚的面容跟怪物，她知道……心底明白她的兒子已經被惡鬼吞噬，但是卻結合成了駭人的鬼獸！

那個嗜血瘋狂的怪物啊——她瞪大雙眼，看見的是迎面而來的血盆大口，跟滿口尖銳的牙齒——

啪嘰——

第一章

女孩闔著雙眼，調節氣息，做了一個深呼吸後，終於將弓舉起，右手拉滿弓弦，專注的望著前方的紅心靶眼，仔細感受著風向與風速，然後放箭。

箭矢劃破空氣，落在紅心靶眼的外圈，女孩嘖了一聲，難掩失望。

「已經很不錯了，接近紅心呢。」後頭高大壯碩的男孩上前，「只要再注意角度就行了。」

「這樣哪叫不錯？」女孩不悅的擰眉，「差一吋射穿鬼獸的眼睛或咽喉時，我可能就會被吃掉了！」

鐘朝暐笑了起來，「我當然知道，失之毫釐差之千里，但是妳還在練習中啊，沒有人隨便拉弓就能命中紅心的。」

「是嗎？」芙拉蜜絲挑高了眉，「我記得你就是啊，弓箭社社長？」

呃……鐘朝暐尷尬的笑笑，這麼說也是沒錯啦，他天生有著優異的瞄準力，所以才會選擇弓箭為主要武器。

「妳別老找我特別的地方說，這樣子我還得羨慕妳的鞭功？」他為芙拉蜜絲架好箭，「再練習吧！」

一頭紅色短髮的芙拉蜜絲亮著眸子，是！她善於甩鞭，在一個月前她根本不知道，要不是差點命喪黃泉，她永遠也不會知道。

箭矢咻咻咻的射出，這一次射進了紅心，差強人意，因為弓箭社的每個人，都會射在那圈紅心的正中央。她彎身再度拿起箭矢，難得現在老師們不會刻意阻止她練習，她必須把握機會才行。

往遠處瞥去，她最要好的同學也正在練習投射飛刀，看樣子也獲得了練習的默許，否則……在這個時代，女人根本不能鍛鍊，女人的工作就只有生育，傳宗接代罷了。

時值天譴後五百年，After Curse，簡稱 A.C. 503，現在大家生存的是個嶄新但危機四伏的新世界，在世界各國正式確認了新世界的年號為「天譴後」；五百多年前，地球發生了一場大浩劫，來自天災人禍，源自人為；過去的七大洲僅剩五洲，南極洲跟大洋洲不復存在，國界徹底消失，各地種族融合，英語成了官方共同語言，全世界規劃成四大區域：歐洲、亞洲、美洲、非洲。

五百年前，科技發達，生活逸樂，那時的人們並不珍惜自然環境，並且因為工業的發展而大肆破壞地球，導致天災不斷；加以道德淪喪、人心險惡，傳說上天降下天譴懲罰人類，希望讓生命與地球都能休養生息，重新開始。

但是誰願意死亡？五百年前的人們為了生存，意圖把天譴送返天上，所以開始濫殺所有具靈能力的人們，其實這樣的屠殺，就是天譴的開端，也造就了未來幾百年乃至於現今的報應。

當「天譴」真的被綁在刑柱上受死的那一剎那，天降雷電，眨眼間劈死了所有正為送回天譴歡呼的大量人群，屍橫遍野後接著形成傳染病，世界迅速崩毀，並沒有因為將天譴處死而歸於和平。

世界宇宙本包羅萬象，不只有人類一種生物，各界都有各式生物，神界有神、魔界有魔、地獄有惡鬼，另有其餘妖魔、魍魎、魑魅、妖獸與鬼獸之屬，亦所在多有，只是因為「法則」，所以不能相互侵擾。

但在天譴出現後，各界的法則逐漸扭曲，人們的相互殘殺讓一切變得更嚴重，偏偏在處死天譴時——法則扭斷了！各界生物得以跨界，對人類造成極大威脅，不是被殺、被吃，就是被玩弄……這就是史稱的天譴浩劫。

曾有史學家質疑，若是五百年前的人類不如此濫殺無辜，將天譴殺死的話，或許……這一切都不會發生。

芙拉蜜絲再射出一箭，這種理論是他們從小聽到大的，人們自己招致的報應，導致現在人人自危，每天除了活下去外，再沒有更重要的事情了！

「如果我面前有鬼獸，我要怎麼制伏牠最直接？」芙拉蜜絲喃喃自語著，身旁的鐘朝暐陪伴著，「眼睛？咽喉？」

「眼睛，必須先奪去牠們的視力，減緩牠們的行動。」鐘朝暐此時變得較為嚴肅，「所以，妳說得沒錯，一吋之差都不可以。」

對人們最具有威脅的，是鬼獸及妖獸。

牠們是最低等的怪物，卻能輕易與人結合，當地獄惡鬼趁機吃掉人之後，就極易結合成殘忍巨大、嗜血如命的鬼獸；鬼獸除了地獄惡鬼原有的邪惡外，還摻進了人類心底的黑暗面：若是被吃掉的人生前有執念或是恨意，鬼獸就會開始「完成」該人類心底未完成的願望，不僅殘暴只知屠殺，而且力量與邪惡更隨著嗜血的次數增強，巨大殘虐。

數週前，他們的同學被地獄的惡鬼吃掉而成鬼獸，在鎮上肆虐，最終陰錯陽差，芙拉蜜絲他們幾個面對了既是同學又是怪物的鬼獸，終於還是殺掉了他。

但是，那一戰讓他們倖存，也讓芙拉蜜絲深深的感受到，當人類面對鬼獸時，是多麼的脆弱、多麼的不堪一擊！

「好了，妳心浮氣躁的，怎麼樣都練不好的！」鐘朝暐擊掌兩聲，握住她的弓，「芙拉，休息吧！」

芙拉蜜絲蹙著眉看向同學，鐘朝暐健壯的手臂扯住她的弓她就難以收回，只得不甘願的鬆手，拿起掛在頸間的毛巾擦去滿頭大汗；上次被鬼獸搞到小腿骨粉碎的傢伙，這麼快就活蹦亂跳了！

「你腳都不痛了喔？」她這像在抱怨，看著自己還戴著特殊手套的手，她的手受重傷，連拉弓都隱隱作痛耶！

「好得很快啊！」鐘朝暐趨前壓低聲音，「闇行使幫我治療好超快的！」

「那為什麼不順便幫我？」她咕噥著！

轉過身望著，全校都在進行鍛鍊，一般來說夏季上課只上到四點、冬天三點，其後就是鍛鍊時間！每個人天天都要鍛鍊身體，不管奔跑、或是近距離的搏擊都是基本課程，另外再挑選專科。

這一切都是為了生存，如果遇到了非人的怪物，無論如何都得靠自己活下來！

「最近大家好像練得更積極了。」她大口換著氣。

「當然，地獄的惡鬼可以穿過鎮上的結界入侵、還吃掉同班同學，大家終於感受到威脅無所不在。」鐘朝暐苦笑一抹，「養病過久，我現在練習有點吃力，比誰都慌張咧！」

「你呀還是專心把傷養好，不然落下病根就麻煩了！」她瞥了一眼鐘朝暐身上的紗布，上次他們是從鬼獸爪下活下來，這傢伙腿傷是被救治，但是其他傷勢也不輕，命真的是撿回來的。

她自己，雨晨也好不到哪裡去……只是論起傷勢最難行動的就是鐘朝暐了，不過誰也沒敢閒著，哪兒沒事就鍛鍊哪兒的肌肉，一刻都鬆懈不得。

「我聽說有人想要請闇行使駐鎮守護了，因為上次的事件，大家質疑結界好像不夠有力。」鐘朝暐的父親是鎮民大會的代表之一，「還有小乾的失蹤現在還是沸沸揚揚。」

「小乾啊……」芙拉蜜絲皺起眉，「他早就不是人了……」

小乾被魑魅所食，答應與之靈魂融合，成為半妖半人的，才能輕易出入鎮上的結界，但是自治隊的大哥要求他們三緘其口，不能說出小乾是魑魅一事，避免人心惶惶，而且聽說已經有人解決掉他了。

「王媽媽好像也一起失蹤了。」鐘朝暐有些感嘆，王媽媽的兒子就是之前變成鬼獸的同學，愛子心切沒有是非……跟小乾一起消失了。

每每思及此他們都會起雞皮疙瘩，想著每日可以見到的同學變成怪物，最後只得殺掉他們的痛與掙扎，實在令人難受。

「你爸有說大家決議花多少錢請闇行使嗎？」芙拉蜜絲比較好奇的是這點，她超級期待看見闇行使的，爸爸也有去開會，但每次回來都叫她不要多問。

人就是莫名其妙，五百年前濫殺靈能者，導致靈能者全數隱藏能力躲起，搞到法則斷裂，各界怪物趁虛而入屠殺人類時，還是得靠靈能者救助大家：他們聯合靈力，重建新的法則與秩序，費時多年才把各種族類趕到別的空間去，或設封印、或設結界，不讓牠們可以輕易接觸人類。

當然，人類之力依然不夠強大，所以不管是結界或是封印都不能萬無一失，妖怪隨時隨地能找地方潛入人類生活之處，這就是每個人從出生開始就必須戰戰兢兢的原因。

而且，五百年前開始，人類與靈能者之間的裂痕就存在了，當初也是不得已的情況下，靈能者才出面，現在呢？就算人們都得依賴靈能者的結界、符咒、封印法器等等，可是瞧不起、恐懼靈能者的人類還是不在少數！

幾百年來，靈能者已經自成一族，現在通稱闇行使，也以靈力區分了等級，專為「普通人類」解決妖魔鬼怪的問題，收錢才辦事，而且也痛恨人類。

像現在鎮上有難，大家才想要去請闇行使幫忙，偏偏……還要看闇行使們願不願意咧。

「妳知道的，有極端反對派存在，闇行使要進來也沒這麼容易。」鐘朝暐嘆了口氣，「要是讓他們進來，又被鎮民指著喊怪物，讓他們不爽也不好……」

「都什麼時候了，明明很需要幫助……」

過去，芙拉蜜絲就對闇行使充滿感激，並有著異常的崇拜與好奇，而且……上一次將鬼獸殺掉時，她也發現到了潛藏在自己體內奇怪的力量。

她，似乎正是闇行使。

但是這是不能說的秘密，她甚至連爸媽都沒有透露，要是讓鎮上的人知道有誰疑似具有靈能力，她就會被火速送離這裡，永遠見不到家人，家人還會跟著受到牽連！

「芙拉！」遠遠的，奔來紮著長髮的女孩，聲音清柔幽揚，生得甜美怡人，「妳練習完了啊？」

「隨便練，朝暐說心浮氣躁不能練弓了。」芙拉蜜絲這語氣帶著點抱怨。

「我說真的，別浪費我的箭！」鐘朝暐認真的回著，笑看了江雨晨，「雨晨妳呢？今天練擲飛刀的成績如何？」

「很完美喔！」江雨晨瞇起眼，開心的比了個OK。

「那我們去練長刀吧！我幫妳跟老師說了！」芙拉蜜絲直接拉起她的手，「我也要再去練甩鞭，專長的東西還是不能忘！」

咦咦咦？江雨晨皺起眉，哎呀呀的嚷嚷起來，「我為什麼要練長刀？我不會握刀啊，刀子又好重，我覺得飛刀輕巧熟悉……」

「不不不！」這話，竟是芙拉蜜絲跟鐘朝暐異口同聲，「妳練長刀比較適合！」

江雨晨怔了住，這兩個人竟然這麼認真的同時說一樣的話？她知道他們一定要說上次跟鬼獸對戰時，她暴走的情況，所以一致認為應該要使用長刀，方能增加威力。

可是——她不記得啊！她只記得好可怕，隨時會被吃掉，下一秒睜眼時就在醫院裡了，還受了重傷，中間發生什麼事都忘得一乾二淨了！

偏偏芙拉硬說她英姿颯颯，應該要練習更厲害的武器！

「我試過了，刀子很重啊！」江雨晨一臉委屈的說著，「我才練一天手就痠痛了呢！」

「萬事起頭難，我們練習哪樣武器不是一開始會痠痛的？習慣就好。」鐘朝暐立刻幫腔，「妳練習得越多，對妳絕對有好處的！」

江雨晨嘟起嘴，哪有什麼好處？他們說她恐懼到極點後直接尖叫昏厥過去，下一秒立刻變成另一個人似的，與平時的她恰恰相反：暴躁、衝動、易怒且歇斯底里。

「練就對了。」芙拉蜜絲拍拍她的肩，「大家小聲一點，真里大哥不是交代了，不要張揚雨晨暴走的事？」

鐘朝暐頓時臉色一沉，江雨晨更是面露憂色，飛快地點頭，堺真里是鎮上自治隊的隊長，曾面對無數威脅，他深知這裡的文化，儘管江雨晨因恐懼而失去意識，進而變成另一個不同的人格，只怕一旦說出去，她會被視為異類甚或闇行使之屬，連夜被送離鎮上。

芙拉蜜絲望著自己滿佈厚繭的手，她也懷有天大的秘密，她的指尖在對鬼獸唸驅魔咒時，曾經轉為燄橘色，彷彿就是塊燒紅的炭一般，也因此得以燒灼鬼獸……她或許是闇行使，她必須小心謹慎，絕對不能露出馬腳。

現下只有真里大哥知道，連爸媽弟妹她都隻字未提……甚至，她瞥了一眼走在跟前的一男一女，最要好的朋友也不知道。

畢竟那時鬼獸差點殺了雨晨跟鐘朝暐，他們都陷入重傷昏迷，根本不知道發生什麼事……甚至連另外一位並肩作戰的「夥伴」都忘得一乾二淨。

他們當初不小心踏入「鬼獸之門」的結界時明明是六個人，但是雨晨他們卻只記得五個人，完全忘記第六位的存在……芙拉蜜絲合理懷疑是有人刻意為之，因為對方可能也是靈能者，一切都是為了隱藏身分。

「嘿，法海！」江雨晨看見了又在涼亭裡乘涼休息的身影，手舞足蹈的揮著。

鐘朝暐倒是板起臉孔來，「法海他現在還是哪個專科都不選，也完全不參加體能訓練，這樣萬一出事怎麼辦？」

出事？芙拉蜜絲悄悄瞥著鐘朝暐，他怎麼可能出事？那是他們失憶，可是她沒有，她還記得法海所做的一切，他根本沒在怕吧！

走近涼亭，裡頭的男孩正躺在石椅上看書，一頭淡金色的捲髮長至耳下，白皙透明的肌膚，美麗如畫的五官，即使穿著學校制服，還是流露出一種高貴氣息，美得讓任何人都會屏息。

他倚著涼亭的柱子，半躺在椅子上閱讀，看上去根本就是一幅畫。

「Forêt。」他的視線沒離開書本，輕聲的說，「都快一個月了，還不會唸我的名字嗎？」

「法海，你還是不練習嗎？」鐘朝暐有些擔憂，「上一次的事件已經讓大家人心惶惶了，如果什麼基本技能都不會，遇上妖魔鬼怪時只有死路一條啊！」

「嗯哼。」法海淡淡應著，翻頁，完全不以為意。

「就是啊，我也覺得你應該要認真一點，看你這麼瘦弱，鬼獸一揮拳你大概就扁了。」江雨晨憂心忡忡的勸說著。

是嗎？芙拉蜜絲可沒忘記，當鬼獸朝她衝過來張開血盆大口的瞬間，法海只用一隻手、就一隻手即刻罩住鬼獸的臉，擋住了他的衝力。

法海寶石綠的眼眸終於往左邊看來，嘆了口氣，「你們要不要先顧自己？犯不著管我吧？」

「喂！我們是關心你耶，地獄惡鬼都能闖進來把同學吃掉了，誰曉得還有什麼東西會鑽進來？」鐘朝暐有些不悅，「除了自保，我們希望大家都不要有損傷。」

「好了！他自己知道在做什麼就好！」芙拉蜜絲連忙打圓場，「說不定法海他之前在別的國家時很厲害啊！」

「再厲害如果沒有持續鍛鍊，肌耐力也會退化的！」鐘朝暐舉起自己滿是肌肉的手臂，「隨時隨地都不能鬆懈！」

「吵死了。」法海啪的闔上書，「我是因為老師不讓我先走才勉強留下來，你們要聊天可不可以到別的地方聊！」

鐘朝暐巨拳緊握，怒氣沖沖的就要衝上前去。

「鐘朝暐！」芙拉蜜絲隻手扣住他的肩頭，「就不要去煩他啦！」

法海正仰起那美麗的臉龐迎視著鐘朝暐，絲毫沒有畏懼之色，還添了分挑釁，彷彿歡迎他一拳揍下似的。

「不要吵架……」江雨晨也蹙起眉，趕緊站在兩個男生中間，「大家出發點是好的，為這樣動手就不應該了。」

哼！鐘朝暐從鼻孔哼氣，終於還是放下拳頭。

法海不願意鍛鍊的事情，也傷透了老師們的腦筋，他們沒有遇過這種狀況，竟然有人根本置生死於度外，再厲害的自治隊員若是單獨遇上鬼獸都不一定有活命的機會，神出鬼沒的妖獸就更慘了，更何況沒鍛鍊過的人。

不會武器，至少也要能逃命啊！

但是上個月新來的轉學生說什麼就是不想參加，完全維持他法國血統的優雅，討厭流汗、喜歡在安靜的地方喝茶乘涼……現在都什麼世代了，竟然還有時間悠閒？

芙拉蜜絲總忍不住偷看著法海，他眼眸轉著，總是輕易能抓到她的眼神，四目相交。

「熱死了！我想回家沖澡了！」芙拉蜜絲往涼亭外走去，回頭看了法海一眼，「欸，一起走嗎？」

一起走？鐘朝暐實在看法海越來越不順眼，尤其發現芙拉蜜絲似乎相當介意他後，就更加不順眼了。

「嗯。」法海揚起淡淡笑容，芙拉蜜絲有種想尖叫的感覺。

法海真的好像故事書裡的王子啊，她是王子控啊啊啊！

江雨晨感覺得到鐘朝暐全身冒火，趕緊上前安撫，為這種事生氣未免也太莫名其妙了！

只要課後練習結束，就能自行回家，學校不會硬性規定時間，多半很少人會偷懶，畢竟這是關乎生命的鍛鍊；一行人往校外走去，他們住家距學校都不甚遠，最遠的也只要半小時，大家也都把走路當成運動。

路上氣氛有些怪異，幾個生面孔的人正頻繁出入自治隊。

「這兩天好像有很多生面孔。」芙拉蜜絲狐疑的問，雖然她不一定認得全鎮的人，可是出入自治隊的人都很怪。「我聽說鄰鎮出事了？」

「嗯，我也有聽說，似乎是小孩失蹤，人手不夠就跑來找我們的自治隊幫忙。」提起這話題，鐘朝暐就有興趣多了。

「找我們的自治隊喔……」江雨晨歪著頭思考，「那萬一我們這邊出事怎麼辦？」

「放心，真里大哥的調度不會有問題的。」提起堺真里，自治隊的隊長，如同大哥一般存在的英雄，芙拉蜜絲總會相當驕傲。

不僅是他的智慧與能力，還有他身上的制服……只有自治隊才有的制服，她一直以來，就很想成為自治隊的一員——可是，偏偏女性是禁止參加的！

「說到小孩，芙拉，妳堂姐是不是快生了？」江雨晨很興奮的說著，「我聽說神父他們都準備祈福儀式了呢！」

「嗯？是啊，好像就這星期吧，已經在醫院裡待產了呢！」芙拉蜜絲其實也很期待，「真希望這個是女生，堂姐已經連生四個男孩了，家裡的補助一直都不足！」

在人口稀少的世界裡，女性人口數少所以異常珍貴，如果能生女孩子，都城都會有大筆的援助，父親的工作也會高升加薪，這是個生女就富貴的年代。

所有的女孩子都以傳宗接代為任務，保證人類的綿延，多半都是保護周到，因此不管是自治隊還是軍隊，都不會有女人，她們是不需要工作、只負責傳宗接代的性別！

芙拉蜜絲覺得好不公平哦，她好想好想成為自治隊的一員！

「生男生女又沒辦法決定，真是辛苦。」江雨晨勾住芙拉蜜絲的手腕，「欸，小嬰兒出生後，我們可以去看嗎？」

「當然可以！」芙拉蜜絲笑了起來，「神父祈福儀式大家都來啊，新生命可以給予很大的庇佑呢！」

「那我也要去！」鐘朝暐立刻舉手，他現在的願望就是趕緊恢復之前的水準！

芙拉蜜絲笑開了顏，不經意看向走在最外頭的金髮男孩，「法海，你也一起來嗎？」

法海看向了她，嘴角鑲著輕蔑的笑意，搖了搖頭，「我沒興趣，我說過我不習慣跟人培養感情的。」

「唉，幹嘛這樣，小嬰兒很可愛的喔！」江雨晨趕緊換挨到法海身邊去，「看見他們天真的笑容啊，什麼煩惱都不見了！」

「嗯哼。」法海點點頭，「我記得妖獸也很喜歡嬰兒喔！」

喝！此話一出，每個人都噤了聲！

妖獸？妖獸那種喜歡，是喜歡「吃」好嗎？嬰兒是牠們最愛，其次是小孩子，提到妖獸總會讓芙拉蜜絲心頭一凜，她的大弟就是死在妖獸口裡，被食用凌虐至死。

「芙拉，沒事吧？」鐘朝暐趕緊上前安慰她，「喂，法海，你沒事少說兩句！」

法海挑了眉，眼神裡藏有不解，左手邊的江雨晨拉了拉他的袖子，偷偷的使著眼色表示噓，有些話題不要提比較好。

法海領會，看來芙拉蜜絲跟妖獸之間有什麼事嗎？

「呀——」

前頭突然傳來驚叫聲，打斷了這裡詭異沉悶的氣氛，芙拉蜜絲一抬頭，二話不說即刻衝了過去！

「欸……芙拉，妳不要急啦！」江雨晨邊嚷著邊跑上前，每次都這樣，一聽見出事芙拉跑得比誰都快。

鐘朝暐焦急跟著往前走，「喂——妳們是在急什麼啦！」

轉眼，法海一個人站在路邊，做了深呼吸……現在是哪邊尖叫哪邊有糖吃嗎？怎麼聽都是出事的方向，有必要跑得這麼快嗎？

芙拉蜜絲那種性格，早晚被自己害死。

往前奔跑約十公尺的距離右彎，奔進了鎮上住戶較密集的地方，一堆女人圍成一圈，尖叫聲來自於圓圈的中心。

「滾開！妳們都滾開！」一個女人披頭散髮、蓬頭垢面的拿著棍子揮舞著，「不要過來！」

「瘋媽！妳把我的孩子帶到哪裡去了！」一頭深褐髮的喬治亞媽媽心急如焚的喊著，「把我孩子還給我！」

「那是我的孩子！」瘋媽歇斯底里的喊著，拿著木棍原地轉圈，誰想靠近她就作勢要打人。

「還有我的孩子！」濱口家的媽媽也不甘示弱的擎起木棍，「我知道是妳抱走的，快點還給我！」

哎呀！江雨晨看著路上的狀況，回頭看著芙拉蜜絲，「是瘋媽，好像又誘拐人家小孩了。」

芙拉蜜絲上前望著，那眼神極度不正常的女人，即使入冬還是衣衫襤褸，身上卻永遠揹著背巾，包包裡一定有著糖果跟牛奶，鎮上沒有人不認識她，因為她很常會用糖果誘騙孩子離開，如果是襁褓中的，強行抱走也是常有的事。

因為瘋媽把每個孩子都當成自己的孩子，她神智不清，根本分不出來。

「滾開！滾開，你們休想搶我的孩子！」她懷中就有一個嬰兒，「媽媽會保護妳的，會保護妳……」

「可惡！」喬治亞媽媽擁有黑人血統，高壯有力，從旁邊搬來一根木椿直接就衝向瘋媽！

瘋媽見狀咿咿呀呀的大吼著，冷不防突然把懷裡的嬰兒舉起，正對著那衝來的木樁！

「啊！」喬治亞媽媽及時移開木樁，否則就要打上那嬰孩了。

似乎是感受到四周的嘈雜，原本沉靜的嬰兒扭動兩下，突然哇哇的哭了起來。

「哇——哇啊哇——」

「我的孩子！」濱口媽媽又氣又難過的喊著，「喬治亞媽媽，妳不要衝動，別傷了我孩子！」

「我知道，我不是故意的，我怎麼知道她這瘋婆子會拿孩子擋！」喬治亞媽媽也很憂心，她被拐走的孩子五歲大了，一定被藏起來了。「有人叫自治隊了嗎？拜託，幫我們叫！」

瘋媽咧嘴而笑，咯咯的抱著嬰兒安撫，那不正常的眼神左右掃視著兩位母親，「休想搶我的孩子，呵呵……你們都是壞人！是妖獸！是怪物……想搶我的孩子！」

鐘朝暐氣喘吁吁的趕來，還沒到就聽見了剛剛的爭執，連看都不必看，他也知道是怎麼回事。

「瘋媽又拐人家孩子了？」鐘朝暐有點無奈，想當年他也是被拐走的其中一位。

兩個女生聳聳肩，很多人都被拐過，瘋媽從不會傷害孩子，每個人都會被平安尋獲，她只是想念自己被妖獸殺掉的孩子，想呵護、疼愛他們而已……只是，她總是搶別人孩子，哪個母親受得了？

「哭聲真嘹亮啊！」冷不防的，法海不知何時竟站在芙拉蜜絲的右手邊，她嚇了一跳，轉頭看著他。

「嚇死我了，你什麼時候到的？」她狐疑的打量著，剛剛身邊明明沒人啊！

「這麼誘人的聲音，看來深怕『別人』聽不到呢！」法海幽幽說著。

在說什麼啊？芙拉蜜絲皺著眉狐疑的看著他，哪個嬰兒哭聲不嘹亮啦！有什麼好怕誰聽見的？

大家正在交頭接耳，江雨晨緊張的拽拽芙拉蜜絲的手，指著瘋媽那邊，原來有個男人正小心翼翼的從背後意圖接近瘋媽，手上拿著的鐵盆狠狠的就往她後腦勺敲了下去！

「啊！」瘋媽一疼，整個人立刻往地上倒去。

「孩子！」濱口媽媽焦急的往前衝，所幸那男人早有準備，一敲暈瘋媽，立刻轉身衝上前奪過孩子。

濱口媽媽抱到孩子欣喜若狂，不停的朝著男人道謝，而喬治亞媽媽也得以進入瘋媽擋著的屋子裡，把吃完糖果睡得香甜的孩子給抱出來。

「太過分了！」喬治亞經過倒在地上嚷疼的瘋媽忍不住踹了一腳，「我只是在晾衣服，竟然就把我兒子拐走！」

「我孩子放在嬰兒車，我只是在泡牛奶，她就搶走了！」濱口媽媽也氣急敗壞的上前踢向瘋媽，「這已經是這個月第二次了！」

「還說，我的孩子每個都被她拐走過，上次我家老三不聽話，她還綁住他！」越來越多的媽媽們聚集到瘋媽身邊，你一言我一語的抱怨著，怒氣滔天，竟開始你一拳我一腳的圍毆起瘋媽了！

瘋媽的確一直在誘拐別人的孩子，芙拉蜜絲知道這樣是不對的，儘管她不會傷害孩子，但是這樣的行為是會讓母親心急如焚！可是、可是大家也都知道瘋媽精神不正常啊，她就是因為孩子死了才會這樣子不是嗎？

「噯！」芙拉蜜絲推開圍觀的人群就衝了出去，「住手！住手，妳們不要打她了！」

她一一拉開許多媽媽，來到抱頭哀嚎的瘋媽身邊，以身護住她。

「搞……搞什麼啊，芙拉蜜絲！」鎮上很巧的，也沒人不認識芙拉蜜絲，好管閒事第一名，衝動第一名，還有最不像女人第一名！「妳連瘋媽也要袒護？」

「你們都知道她瘋了，這樣子打她有什麼用！」芙拉蜜絲仰頭看著圍觀的大人，「她也沒傷害孩子，就放過她吧！」

「不行，她做得太過分了！妳不知道鄰鎮最近發生了許多孩子被誘拐的案子，我們已經嚇死了，現在她還在這邊湊熱鬧！？」

「她不能每次都用瘋了做藉口，我回頭發現孩子不見那有多恐懼妳知道嗎？」

「就是啊，為什麼自治隊不把她關起來！搞得大家神經緊繃！」有人鼓吹著，「應該好好審問她，說不定安娜的孩子失蹤跟她也有關係！」

安娜？這句話讓眾人安靜下來，連芙拉蜜絲也錯愕，安娜的孩子什麼時候失蹤了？她認識安娜，才大芙拉五歲，以前住在她家對面，後來搬到比較遠的地方去了。

「怎麼回事？安娜的孩子失蹤了？」果然許多人轉移焦點，帶著困惑的望著失言的女人。

她，是安娜的鄰居。

「唉……我不小心……」女人有些懊悔，「其實，連安娜也……」

「到底發生什麼事了？」

「……安娜帶孩子出去，已經失蹤三、四天了，一直找不到……自治隊叫我不能說的！」

討論聲立刻嗡嗡響起，居然又有人失蹤了？而且是母親跟孩子一起失蹤？為什麼自治隊沒有跟大家報告這件事？這次失蹤是為什麼？

是母親帶著孩子跑了？還是又有什麼怪物闖進來了？

上次的學生失蹤案發生後沒多久，失蹤的學生以鬼獸之姿返回校園，殺掉好幾個學生啊！

「被吃掉了！」被芙拉蜜絲扶起的瘋媽忽然大喝一聲，「他們被吃掉了！」

瘋媽忽然握住芙拉蜜絲的雙臂，瞪大雙眼搖晃著她，那眼神看起來像是在恐懼什麼一樣。

現場倏地鴉雀無聲，每個人都皺著眉看向瘋媽的驚人言論。

「什麼……什麼被吃掉了？」芙拉蜜絲不負眾望的問著，

「嘻嘻……孩子進去林子、安娜也進去了，妖怪把他們都吃掉了，喀吱喀吱……」

瘋媽一整個下午不停地狂笑著，說著令人毛骨悚然的話語。

在她語出驚人後，自治隊便趕到了，大家正為鄰鎮孩子失蹤以及是否要請闇行使一事忙得焦頭爛額，實在無暇顧及瘋媽這樣小小的事端，因此來的只有一小隊，不過在聽見瘋媽的言論後，事情卻變得嚴重起來。

安娜跟孩子失蹤的事自治隊隱瞞了，引起群情激憤，這等嚴重的事怎能隱匿不報？萬一真是鬼妖之屬那該怎麼辦？因此大家便聚集到自治隊要求給個訊息，鎮長也被迫出面向大家交代詳盡狀況。

不過，這都是大人們的事，孩子、母親全都待在家裡，時近傍晚，沒有人敢出門。

因為一旦太陽下山，入夜之後，便是妖魔鬼怪活躍的時刻，夜晚在外頭行動分明是找死的行為，就算自治隊巡邏也是法器備齊，多人一組，誰都不敢單獨行動。

每一戶人家從牆開始就都有咒文與封印，家是最安全的堡壘，從牆、窗子到門，全部都有封印，避免任何邪物侵擾，現下又發生失蹤案件，女人們帶著孩子在家待著，男人們去開會瞭解實情，但無論如何得在日落前回到家裡。

芙拉蜜絲看著遠處橘色的火球，太陽大概再二十分內就要下山了。

「芙拉……到了沒啊？」江雨晨憂心忡忡的看著錶，「我好怕來不及喔！」

「到了，就前面那間！」芙拉蜜絲指著不遠處的小屋子說著，她直接殺來找安娜的家。門口的東西擺放得亂七八糟，屋子裡有著聲響，應該有人在。

「我是芙拉！傑克在嗎？」她嚷著，不一會兒，聽見足音逼近門口的聲音。

門一打開，是張極度憔悴的臉。

「芙拉？妳怎麼這時候過來？天快黑了啊！」是安娜的老公，他們有幾面之緣，「快回去，快回去！」

「安娜跟孩子失蹤的事是真的嗎？」她擰眉，扳著門緣問。

傑克倒抽一口氣，難受的點點頭，淚水又滑了下來；剛剛已經有鄰人來問過了，原本自治隊是希望能保持低調，沒想到還是走漏風聲。

「她會不會跑去哪裡？沒有留字條嗎？」芙拉蜜絲認識的安娜，其實不可能放下家人的！「還是你知道她去了哪裡，然後失蹤了？」

「不知道……我什麼都不知道啊，我在外工作，安娜負責家裡，她就是照顧兩個孩子，最遠也只會去市鎮中心跟菜園，她對其他地方不熟啊！」傑克說得泣不成聲，「她的東西遺落在菜園那裡，自治隊連林子裡都搜過了，可是……」

林子？芙拉蜜絲真討厭樹林這種東西，但是這卻是最容易躲藏的地方！

「哪個林子？她的菜園在哪裡？」她積極的問著，江雨晨心裡卻大叫不好。

「……東北邊的林子，就王先生租出的農地那塊……」傑克有些遲疑，「妳問這麼多做什麼？妳千萬別亂跑啊，天快黑了……快點回去！妳們兩個得用跑的才來得及啊！」

「好！」芙拉蜜絲用力點頭，「你必須振作點，傑克。」

傑克淒楚的點著頭，淚如雨下，他心裡已經做了最壞的打算，又該怎麼振作？孩子與老婆都在一夕之間消失了！

望著眼前的門關上，她聽見裡頭落鎖的聲響，天快黑了，等等大家都會奔回家裡將所有門窗鎖上的。

「雨晨，妳家離這裡近，快點跑回去吧！」芙拉蜜絲一邊拍著她，一邊轉頭往另個方向看去，「我還要去一個地方。」

「……芙拉蜜絲！」她就知道，江雨晨嚷了起來，「不出五分鐘就日落了，光是現在這種日光，妖獸們都不怕了！」

芙拉蜜絲根本沒在聽她說話，伸手一推，就往反方向跑去，「妳快走，用跑的喔！」

啊啊啊啊啊！江雨晨都快哭出來了，當然要用跑的啊，問題是芙拉蜜絲往林子的方向跑怎麼行？跑到那邊還有段距離，再奔回時天色一定黑了，更別說她家離這裡超遠的啊！

就算要趕到佛號之徑的範圍，也沒那麼快速啊！

可是、可是江雨晨緊咬著牙，她不敢跟上去啊！踉蹌的她只好扭頭往家的方向跑，在下山前衝回家，然後立刻打電話給自治隊的堺真里大哥！

芙拉蜜絲一路往林子的方向奔去，她知道老王的田地出租區在哪兒，之前媽媽本來也想租一塊來種東西，後來嫌地方太遠便作罷了；安娜只租了一小塊，多半都是種蔬菜為主，為家裡省開銷。

衝到田邊時，她看見田旁的小路上有著安娜平常使用的籃子，甚至連腳踏車都還停在一旁，看來刻意維持原狀。圓鍬還在土裡，枯萎的幼苗躺在一旁，可以想像當時安娜是如何的匆忙，讓她扔下一切……去了哪裡？

芙拉蜜絲轉向了十公尺處的林子，這裡她很少來，因為相當偏遠，附近更沒有什麼人煙，安林鎮呈八角形，每一邊都有邊界，整個西邊都是魔物盤踞的無界森林，其他地方則有通往山、有通往鄰鎮的。

這裡是近東北邊角，通往萬人山，這名字源自於一百多年前，曾在這裡被妖魔屠殺的萬餘人，聽說當時血從山上流下，在山腳還能匯集成河；也因此這一帶極為陰邪沒人敢住，只留下一些舊時廢屋，每次闇行使來鎮上幫忙時，都會被送來這裡落腳。

只是餘下的地可惜，老王跟政府租了這些地，再分租給別人，他記得王伯伯還說過，這地方的地其實特別肥沃，大抵也是因為當年的屍橫遍野吧？

天色變紫了，芙拉蜜絲仰頭望天，太陽應該快沉了，她得趕快回家！

『……法……』

才旋過腳跟，她卻聽見了聲音。

咦？芙拉蜜絲錯愕的回頭，剛剛是誰在叫喚？左顧右盼，這附近真的除了土地、植物外，並無人煙。

聽錯了嗎？她尚在忖疑，唰的一抹影子突然現身在林子樹間——一個女人，站在那兒望著她。

「安娜！」芙拉蜜絲倒抽一口氣，不假思索的往林子走去，「安娜？是妳嗎！」

女人的身影沒有回應，倏地一旋身就往深處奔離，轉眼隱匿！

芙拉蜜絲看得心急，她急著想往前，但是也感受到這片樹林散發著詭譎的氛圍，腦子裡響起了幼時的床邊故事，關於這裡曾經建設繁華，人們開始朝山林發展，藉由闇行使的庇佑，人人安居樂業。

直到有一天，反對闇行使的人們認為山裡有不祥，去開採山林資源是闇行使的計謀，所以反對者組成了團隊進行抗爭，甚至不顧一切地上了山，撕掉闇行使嚴格限制大家不可靠近的封繩。

然後，萬鬼傾巢而出，從枯井裡爬出地獄惡鬼，妖獸處處，連魔物也都蠢蠢欲動，一夕之間屠殺了整個鎮上的人，血流成河……後來聽說有闇行使及時出面，逼退了惡鬼，建立結界，又費時幾年才重新把妖物們趕回山上去。

傳說，屍體堆積如山，墊高了整個東北的地形，所以鎮上東北角為高，清不完的屍體只能堆在原處，而許多被吃掉的人因為內心的執念與黑暗及惡鬼融合，成為鬼獸，剛好食用這遍地屍體。

再沒多久，有樹從遺骸鑽出，聽說數日之內便形成這片寬廣的萬人林，雖然現下是鎮上的一部分，也在封印保護之下，但是很少人會願意靠近這裡……芙拉蜜絲看著手臂上的寒毛直豎，她現在也知道為什麼了。

腦海裡出現的是屍體成山的畫面，鬼獸咆哮濫殺的景色，她遲疑的站在林外，不敢踏入。以前從沒注意過，現在盯著林子就可以發現，這片樹林比其他地方都暗，而且有著極重的霧氣，許多地方甚至有一團又一團的黑色氣息，一點都不乾淨啊！

「安娜？」她朝裡頭喊了一聲。

女人的身影再度出現，她是橫著跑過去的，彷彿在追逐什麼似的，慌張的掠過芙拉蜜絲的眼前。

「安娜！」她深吸了一口氣，硬著頭皮追上前去。「安娜，妳站住，不要再跑了，大家都在找妳！」

那背影越跑越快，驀地一個轉彎，芙拉蜜絲緊煞止步，左右張望，發現她失去了安娜的蹤跡。

沙……沙沙……頭頂上有著許多樹枝的聲響，不知道動物還是鳥兒在移動，芙拉蜜絲警戒著從腰間抽出短刃，在這種密集樹林裡，並不利她擅長的長鞭。

霧氣變濃了，更糟的是天色急速轉黑，芙拉蜜絲知道自己應該要立刻循著原路回去，但是……她環顧四周，除了自己之外，她根本什麼都看不見！

白色的霧遮去了一切，她最多只能看見就近的樹木而已！

冷靜，芙拉蜜絲這麼告訴自己，她是經過長期訓練的人，要讓身體每一個細胞都處在備戰狀態，仔細感受著周遭的一切，任何聲音、任何氣息，還有……她眼底的異狀。

這片林子果然不單純啊！自從上次在學校看到奇怪的黑色霧氣後，她就明白了黑氣所在多有妖怪，現在這白霧間幾乎都雜以黑氣，而且其間她還看見猩紅雙眼眨動，速度很快，可是她還是捕捉到了！

是什麼東西？鎮上外圍全部都有結界，就算萬人山那邊更是加強防護，一般非人是進不來的吧？可是……芙拉蜜絲謹慎的原地繞了一圈，她覺得這裡不少「訪客」在啊！

如果有非人在，那安娜她為什麼會進來？難道是被擄走了嗎？

「安娜！回答我！」她揚聲喊著，「妳知道我是誰！」

芙拉蜜絲回過身子，鼻息間聞到了腐臭味，有什麼東西在林子裡腐爛著，也或許是惡鬼身上的味道……不，惡鬼身上是地獄的硫磺味，這種腐敗氣味不是源自屍體，就是鬼獸。

她寧願相信是屍體，也不想在這伸手不見五指的地方撞見鬼獸！

腰間的手電筒仍舊繫著，她覺得現在開啟手電筒完全就是「請來找我」的象徵，所以她讓眼睛緩緩適應黑暗，慢慢的循著剛剛奔來的路往前走。

『法蘭克……法蘭克他們不見了。』聲音就在芙拉蜜絲的右手邊響起，她眼尾瞟去，離她甚近的樹旁站著模模糊糊的女人身影，『我找不到……』

「安娜！」芙拉蜜絲倏地轉回去，伸手一抓，卻沒抓到她！

『我真的找不到……嗚嗚……啊啊……』哭聲近在咫尺，芙拉蜜絲不敢貿然向前，深怕離開自己原本的路徑。

而且就算安娜的身形模糊，可是不代表她的腳也是，芙拉蜜絲只是低頭往下，就看見鮮血淋漓的雙腳，上面根本覆滿了鮮血！

仔細想想，安娜失蹤四天了，難道這四天都在這裡找兩個孩子？她剛剛跑進來並沒有多遠，要回家不是難事，她也可以去找自治隊幫忙的；大概因為空氣冷冽讓自己冷靜下來了，芙拉蜜絲開始思考不願面對的可能性。

例如，安娜跟孩子都已經出事了，現在這個在徘徊的是她未散的靈魂、或是更可怕的東西。

剎——剎剎剎——粗暴的聲音響起，有人正在林間行走還東撞西撞的，一大堆樹枝嘎吱作響，而且腐臭味急速逼近，還有一種令人極度不安的壓力正直襲而來——鬼獸！

芙拉蜜絲二話不說，立刻拔腿狂奔，已經不管三七二十一了，手電筒拿起往前照亮滿是濃霧的小徑！

啪！一張蒼白的臉瞬而站在她面前，嚇得她失聲尖叫。

「呀——」芙拉蜜絲緊急煞車，只差兩步就撞上了那蒼白臉色的女人，「安娜……」

安娜毫無血色的臉看著她，淚水悄悄滑落，『我找不到法蘭克他們，真的……』

芙拉蜜絲下意識後退兩步，打量著她，現在的安娜乾淨無比，但是一雙赤著的腳一塵不染，這比鮮血淋漓還更加詭異了。

「他們走丟了嗎？」芙拉蜜絲謹慎地問著，身後的壓力逼得她緊繃。

安娜忽然舉起手指，指向了她的右方，也就是芙拉蜜絲的左邊。芙拉蜜絲錯愕的看著，背後的聲音越來越近了，她甚至聽見了一種喉間的低吼，不禁握緊了刀子。

『孩子……』安娜再用力的指向了同個方向，『找到孩子！』

芙拉蜜絲有聽沒有懂啊，但是她想要往前，安娜卻擋去她的去向，那死白的手沒有放下過，意思是要她往那個方向去嗎？

『媽媽，我肚子餓了！』

冷不防的，法蘭克的聲音響起了！芙拉蜜絲顫了一下身子，連思考的時間都沒有，雙腳已經朝著安娜所指的方向奔去了！

那股壓力她不會認錯的，她近距離跟鬼獸對戰過，那味道、那氛圍根本就不是人！更別說法蘭克才七歲，聲音的方向最好會比她還高！

『肚子餓了！肚子餓了！肚子餓了！』那聲音越來越急，速度也越來越快！

安娜有沒有比錯啊！芙拉蜜絲一邊跑一邊被彈來的樹枝打得整臉都疼，但是卻還看不見出口……

『又有好吃的肉上門了嗎？』幽遠詭譎的聲音倏地從頭頂傳來，芙拉蜜絲雙眼一圓，感受著某種氣息由上而下，直抵她的腦門！

短刃倏而向上捅去，她閃身向後，看著在鼻尖的醜陋生物——兩張臉，八雙眼睛，還有張比臉盆還大的嘴，別說尖齒遍佈了，甚至還有獠牙！

芙拉蜜絲的短刃被對方的手給抵住，那怪物只用了前臂兩隻手抵住刀勢，其餘四隻手還擱在身邊，頭上腳下倒立的望著她，看似身輕如燕，但是芙拉蜜絲擎刀的手卻覺得力道大得快把她壓進地下去了！

她沒見過這種怪物，八個眼球同時看向她，這麼近，她可以看見尖齒縫裡還有肉屑。不是地獄惡鬼，不是結合的鬼獸……這種模樣，該不會該不會是——

「該死的妖獸，誰准你闖進來的！」一股大喝聲忽現，芙拉蜜絲猛然被向後拉扯，緊接著幾道燃火的符咒在她面前飛去，還有熟悉的妖獸咒文！

妖獸妖獸！芙拉蜜絲踉踉蹌蹌的往樹邊倒去，趕緊穩住重心回身，剛剛那個是妖獸？！可惡，她沒有仔細看，再讓她看一次好嗎？

芙拉蜜絲急欲向前，但看見空中浮現出符文，淡金色符文隨著燒毀的符咒浮現，圍繞著一個圈，包圍住那詭異的怪物，只聽見粗嘎亂吼，那六隻手的身形倏忽跳上樹梢，飛快地跳離！

好輕巧！芙拉蜜絲有點讚嘆，這麼俐落的行動模式，就算他們用繩子擺盪也做不到啊！

「不要發呆！」來人使勁推了她一把，將手中的佛珠拋扔出去，「還有鬼獸在！」

芙拉蜜絲猛然將短刃朝十點鐘方向扔去，只聽得一聲慘叫，還有忿怒踉蹌的聲響。

「我才沒有發呆！」她氣鼓鼓的說著。「真里大哥！」

「知道了！」堺真里一骨碌將她推出林外，芙拉蜜絲跌跌撞撞的往前差點撲倒，但是一出林外的空氣完全不同，即使四周黑暗，她依然知道自己出來了！

他們不敢停止，在二十公尺外有一盞昏黃的燈，正綻放著溫暖的光，那便是「佛號之徑」的端點。每天夜裡自治隊的夜巡，都必須走在佛號之徑上，那是特殊設置的，一整條路的路燈上均繪有佛號、並且誦經加持過，每盞燈之間都有神社之繩繫住，全部施以驅魔咒、護身咒，才能讓自治隊員安心巡邏。

佛號之徑通往鎮上的主要道路，設置在道路正中央，面對各方均在射程之內，亮起的佛燈就會自然築成一片結界，妖鬼不侵，連低等妖類都能驅趕。

兩個人影雙雙跨過了神社之繩，站到了路徑上，芙拉蜜絲立即回首看向黑暗的林子，那邊真的有問題，太陽下山後已是黑夜，但她卻可以看見比黑夜更加深黑的氣息，籠罩著整個萬人林。

「芙、拉、蜜、絲。」身邊的男人一旦安全，即刻板起臉孔來，「妳說現在是幾點鐘了？妳為什麼會在外面……不，妳為什麼在林子裡！」

「我……」芙拉蜜絲還來不及問問題咧，趕緊立刻站好，「我是來看看安娜的地——」

「地在外面。」堺真里擰著眉，「我可是在林子裡發現妳的！」

「我看見安娜了。」她謹慎又輕聲的說著，「她的靈魂好像在飄蕩。」

堺真里臉色丕變，下意識左顧右盼確認附近沒人……廢話，一旦天黑，除了巡邏的自治隊外，有誰不怕死的敢在外面遊蕩？

「噓，別聲張。」他表情恢復柔和，「可別告訴別人妳看得見人類的靈魂。」

「知道。」她抿了抿唇，比誰都知道嚴重性，「不是靈魂出竅的話，安娜恐怕已經……」

「我們也不抱希望了。」堺真里突然瞇起眼朝著遠方望去，「我跟一處隊員約在這裡，等會兒要在外頭佈下臨時結界，妳快走。」

「咦？」芙拉蜜絲有些不安，「萬人林是在結界之內，為什麼會有鬼獸跟妖獸存在？牠們要是跑出來怎麼辦？」

「上次王宏一是怎麼變成鬼獸的？不管防護多嚴密，還是不可能滴水不漏。」堺真里回身，指著頭上的路燈，「佛號之徑的燈以及旁邊兩座廢屋上的燈都是加持過的，這些光阻止異類進入村子裡，但依然不夠，我們得再加道結界，等等我們要把這區封起來。」

「不請闇行使來嗎？」提及闇行使，芙拉蜜絲就雙眼熠熠有光。

堺真里冷靜的望著她，搖了搖頭，「千萬不要讓人看見妳這模樣，很期待看見闇行使似的！」

「因為我──」

「芙拉蜜絲！」堺真里嚴厲的打斷她的話語，「快回去。」

她倒抽一口氣，緊抿著唇知道大哥是真的生氣了，不喜歡她提及闇行使的事，更嚴禁她說出自己可能具有闇行使能力的話來。

堺真里凌厲的雙眼瞪著她，望著他退後數步後，芙拉蜜絲旋過身疾步朝著家的方向走去，走在佛號之徑上得繞點路，但總比走在外頭安全；沒走幾分鐘，果然就遇到了自治隊的人，他們從詫異到生氣，然後她又被留下來罵了一頓。

唉，芙拉蜜絲頹然的往前走去，這是個漫長的夜……不對，也才日落後沒多久，她就被罵兩次了。

她只是想知道安娜出了什麼事而已，死亡後的靈魂有該去的地方，為什麼她還在徘徊呢？因為她想要找孩子，念念不忘她的孩子們。

所以出了什麼事？他們在林子裡遇上了妖獸或鬼獸了吧？那龐然大物的聲音是法蘭克的，是變成鬼獸了嗎？她還沒機會跟大哥說，鬼獸不是因為吃掉的人有執念或黑暗恨意才會變成鬼獸？法蘭克才七歲，哪來的執念？

還有，他們怎麼被殺的？地獄惡鬼堂而皇之出來？還是他們走進林子裡？

她突然想起瘋媽說的一切，她喊著孩子進去林子、安娜也進去了，妖怪把他們都吃掉了，喀吱喀吱……啊啊，真里大哥就是聽了瘋媽的證詞所以才來探查的吧？

咦？芙拉蜜絲忽然一陣驚愕，現在才驚覺到，堺真里大哥剛剛是單槍匹馬在林子裡？她猛然回身，膽子未免太大了，就算他是自治隊長，也不該貿然的隻身面對危險啊……哪來的勇氣？

平常對他們的教訓呢？身上法器再多也不一定能躲過威脅，人類之脆弱，是鬼獸一掌就能刨開身體的。

大概是拿到了很不錯的法器跟符咒吧，芙拉蜜絲沒有忘記剛剛浮現在空中的符文，沒看過的新奇玩意兒，堺真里大哥一向跟闇行使其實都滿好的，也很尊敬他們，說不定能買到一些靈力高強者的物品。

唉，如果人類跟闇行使能和平共處，說不定大家就不必活得這麼辛苦了！闇行使們可以保護人類，合力將不屬於人界的魔怪們驅走，大家生活在一起，一如五百年前，和樂融融。

不過，這或許只是奢望吧，每每看見鎮長對闇行使那不屑一顧的態度、看著許多大伯叔叔阿姨嬸嬸們將其視之為洪水猛獸、甚至怪物的一種，連她都會心寒——萬一有一天，她真的被發現是闇行使怎麼辦？

噠噠噠噠，不知何時開始，她的左後方大概十公尺的距離，有另外一組足音跟著。

芙拉蜜絲剛剛過度認真沉思，加上在佛號之徑裡警戒會大幅降低，所以一時失察，沒留意到有人跟在她身後；但是她沒有立即回首，她裝作不知道，只是加快腳步。

那不是什麼同樣夜歸的人，現下經過的家家戶戶門窗緊鎖，連窗子內側都還有木片門防護擋下，滴光不透，找死的人才會在黑夜裡行走；而且足音不是正後方，略斜，對方避開了佛號之徑散發出來的光線範圍。

會閃，就不該是人。

『令人討厭的光啊……真是討厭的人類。』碎語聲像在抱怨，『為什麼老是要做無謂的抵抗呢？』

不抵抗才是白痴吧？芙拉蜜絲在心裡回應著。

『走這麼急，妳想去哪裡？』足音疾速的往前，芙拉蜜絲尚未反應之際，那身影已經到了她的身邊。

她毫不畏懼的直接向左方看去，並未停下腳步，看著那傢伙在黑暗中移動，精確的閃躲佛號之徑路燈散發出的燈光，也會閃過家家戶戶外牆上的燈。

可是她依然可以留意到對方不只一雙手，在那兒晃呀晃的，三雙手、兩顆頭，就算沒看見那詭異醜陋的臉，她也猜得到這是誰。

剛剛才照面過的……妖獸。

『再怎麼跑，也躲不了的，我會把你們都吃掉……』黑夜裡傳來磨刀的聲音，妖獸的指甲不是如利刃，根本就是刀刃，『要怎麼吃掉妳呢？一片一片剮下來如何？』

芙拉蜜絲加快腳步，幾乎都要變成奔跑模式了，但妖獸卻輕而易舉的一直與她並肩走著，在黑夜中忽上忽下的跳躍著，妖獸喜歡嚇人、享受人類的恐懼、慘叫、逃跑，因此緊跟著她，就是為了讓她害怕！

眼看著前頭是一處轉彎，有較大的空間，她戛然止步，手電筒從腰間勾彈向上，啪的打開。

強列的光芒照亮了在屋頂盤踞的妖獸，僅僅一秒，牠痛苦驚恐的跳離，因為他們全身上下每個東西盡是法器，連手電筒的燈罩上都刻有符咒！

她只是想看看妖獸的模樣而已，書中有畫，也有照片，但每隻妖獸不盡相同，跟人一樣，妖、魔精怪之屬全都有「個人特色」！那一瞬間她還是看得清晰，那妖獸有著三雙手，一雙像節肢動物的腳，還有如蠍子的尾巴……尾巴！

芙拉蜜絲立刻往後退到小徑中間，萬一那尾巴直接橫掃過來，說不定會被腰斬成兩截！

『可惡的人類，妳敢偷襲我？』這聲音竟來自她後頭上方，芙拉蜜絲訝異的回身往上，那傢伙停在屋頂上頭，像是正睥睨著她。『我要慢慢的殺掉妳……一口一口的吃掉妳。』

「吃得到再來吧！」芙拉蜜絲不爽的回應著，「不要以為每個人類都會任你們宰割！」

一陣怒吼，芙拉蜜絲只聽得喀喀聲響，一堆樹枝落葉掉下，她伸手抵擋，心裡只想著這戶人家一定在裡頭咒罵著她，還是先閃人吧！

她扭身就走，不想再跟妖獸糾纏，怎知牠卻一直尾隨，眼看著著家就快到了，她可不想讓妖獸知道她住在哪裡啊！

這不是有防護沒防護的問題，是她並不想成為任何怪物的目標！這麼想著，眼看著家門就快到了，她得要過家門而不入了！

鏗——一股詭異的聲音倏地傳來，芙拉蜜絲頓時就失去平衡癱軟跪地，她完全不知道發生了什麼事，只感覺頭好暈，腳根本站不穩。

緊接著她聽見開門聲，有人拉過她的手，筆直往屋子裡拖去。

耳鳴嗡嗡，芙拉蜜絲難受的緊閉著雙眼，胃部在翻攪，她頭好暈，可是全身都沒有氣力，沒有平衡感也沒有重心，跟灘爛泥似的只能躺在地上……看著木椅沙發，她的椅墊？嗯？這是她家的客廳？

男人將刻滿咒文的木門緊緊壓實，也刻有符咒的門閂卡上的瞬間，整扇門隱約透出一股金光，代表著符咒的完整。

「有效嗎？」女人的聲音擔憂的說著，芙拉蜜絲圓睜雙眼，是媽媽！

「當然有效，沒看連芙拉都倒了。」男人蹲下身子，不客氣的巴了她的頭，「芙拉蜜絲！準備禁足了妳！」

「嗚……」芙拉蜜絲無辜的繼續癱在地上，「我是……」

「噓，乖，妳還要幾分鐘才能活動自如。」母親溫柔的將她攙起，「不只禁足，妳還得幫忙做雙倍的家事。」

芙拉蜜絲被母親溫柔慈祥的摟在懷間，委屈的望著仍含著笑的母親，嗚嗚，不公平啦，她只是只是比較晚一點點回家而已嘛！

都是那個死妖獸，要是真的有機會再碰面，她一定要跟牠算帳啦！可惡！

梵音，不論是惡鬼或是魔物都厭惡懼怕的聲音，非必要不會使用，因為此音能讓魔物們恐懼彈離，但是聽見的人類則會因為聲音過度尖銳刺耳而失去平衡感，倒地不起。

人類所需的恢復時間需要二十分到半小時，此時魔物們大可踅回原處，剛好可以大開殺戒，所以常人不得使；再者，那是難以得到的聖物，多半只闇行使持有，他們幾乎不可能提供給一般民眾。

芙拉蜜絲吹著頭髮，指尖還有些麻痺感，那種聲音真可怕，聽起來就只是像有人在耳邊敲了一記鑼鈸，但是聲音貫穿入耳，她立刻就覺得天旋地轉，大地晃動。

事實上不只是暈眩，根本全身麻痺，乃至於爸爸拖她進來時毫無抵抗能力。

這下虧大了，爸爸已經勒令禁足一個月了，弟妹的家事也全部都要由她負責，這就是夜歸的懲罰……嗚嗚，上一次她跟江雨晨、鐘朝暐他們對付鬼獸，逃出生天的事被鎮上的人視為英雄，可是回家依然挨了頓罵！

爸媽千叮嚀萬囑咐，不許她再惹事生非，不許她外出，不許她多管閒事，更不許她拔刀相助！這太說不過去了吧？她哪有惹事生非？明明是事情找上她的，上次差點被摔下樓的同學壓死的是她啊！

而且那化為鬼獸、疑似愛慕她的同學處處找她麻煩，每次都選她在的地方殺人，這她又閃不掉……好，她是有一點點愛管閒事，但哪有明知道某處可能有危險，還能無視的？

這她辦不到，就算被禁足一年也辦不到。

媽說她太衝動了，她是不否認啦，可是每次情緒一上來她就急，很多事情都輕易拋諸腦後，等想到該檢討時為時已晚。

走進房裡，妹妹及弟弟都已經在上下鋪睡著了，她自己則睡在對角的獨立大床，還有書桌，這是身為大姐的福利；一一檢查著弟妹有沒有蓋被，再躡手躡腳的走到自個兒的書桌邊。

他們家原本有六個孩子，四女二男，跟她最親的是大弟史貝斯，芙拉蜜絲看著貼在書桌牆邊的月曆，在七天後她用黑筆畫了一個圈，那天便是史貝斯的忌日。

五年了，大弟在五年前，就是被妖獸殺死的。

所以，爸媽應該要瞭解，她有多想親眼看看所謂妖獸長得什麼模樣？喜歡殺人吃人就算了，何以要凌虐他們！

如果可以，她也真想手刃妖獸們，一群變態的怪物！

會是今天看見的那個嗎？她躺上床時滿腦子還在想這件事，鎮上為什麼封印結界如此薄弱？這些各界的怪物不停地湧入？安娜跟兩個孩子已經被妖獸殺死了嗎？不，還有惡鬼，她嚴重懷疑老大法蘭克正是那個鬼獸，用孩子稚嫩的聲音，想騙取同情……

那片林子裡到底出了什麼事？為什麼妖鬼獸都在裡頭……安娜若已死靈魂何以不歸位？她在林子裡徘徊著，就為了找孩子嗎？還是為了把孩子從惡鬼的體內拉出來，不願他們靈魂相融？

可是，為什麼他們要走進林子裡？萬人山下的樹林，照理說沒人敢貿然進去啊，那裡什麼都沒有，穿過林子就是血流成河的山頭，去那邊做什麼？到底是……芙拉蜜絲眼皮沉重的緩緩闔上，今天實在是太累了，明明只在林子待了一下，精神與生命的威脅壓力依然壓得她喘不過氣來。

砰砰砰砰砰……有奔跑的足音響著，她微蹙著眉，翻了個身。

砰砰砰砰……那是小孩子在奔跑的聲音，都幾點了怎麼還不睡？是哪個不聽話的，在樓上踩跳什麼？

砰砰砰砰砰，芙拉蜜絲拉過被子蒙住頭，開運動會啊？踩得這麼用力，簡直想把地板踩下來似的——咦！她倏地跳開眼皮，樓上是爸爸媽媽睡的啊！哪來的孩子！

她掀被一骨碌坐起身，向右手邊的雙層床看去，一二三四，全部都在，那是誰在跑？那足音清晰可辨，在她頭頂上奔跑，芙拉蜜絲仰起頭，警戒的緩緩下床，聽著那奔跑聲宛似孩子的嬉鬧。

是，弟妹們平時玩鬧就是這樣，往往她放學回家後，就會聽見他們在二樓玩瘋的聲音，這般咚咚咚……腳步聲緊接著移動，從樓上向外跑去，她視線跟著移動，聽見她「隔壁」傳來咚咚聲響。

他們家家戶戶都是「獨棟」，就算是鄰居也不會有牆面相連的狀況，隔壁要敲牆也不會這麼明顯！

左上右下、右上左下，又上了三樓，芙拉蜜絲簡直不敢相信，有人在他們家外牆上跑步嗎？這對抗地心引力的事如果做得到，要砍殺妖獸就不是難事了！

芙拉蜜絲即刻從枕下拿出刀子，床旁拿過長鞭，她腦子裡盡是驚嘆，因為大家的牆上都有咒文防護，不管那是什麼東西，都不能接觸到房子一吋的！

奔跑聲轉了彎，現在繞到了她面對著外頭大路的窗子邊，她可聽見玻璃窗震動的聲響，床邊的水杯裡漣漪陣陣，這都不該是錯覺……想從窗子進來嗎？他們窗裡還有木隔板，沒這麼容易——

剎那間，一道影子細柔如風如霧，竟從那木板縫裡滑了進來！

芙拉蜜絲當下愣住，她用力搖頭揉揉雙眼，卻又見正常的房間，沒有什麼淡粉色的身影，可是剛剛——咚咚咚——孩子跑掉的聲音就在她面前，芙拉蜜絲二話不說，立刻回身拿過水杯，朝聲音方向潑去！

嘩啦水直接落上地卻沒有打到任何東西，芙拉蜜絲屏氣凝神蓄勢待發，雙眼盯著的是睡在對面的弟妹們，不管進來的是誰，只要膽敢傷害她的家人，她就會把它碎屍萬段！

足音急促而慌亂，芙拉蜜絲聽得聲音往對面的雙層床去，二話不說長鞭揮去，撲空，緊接著對方再往房門口繞去！開什麼玩笑，哪能讓你輕易離開！

芙拉蜜絲朝門口甩鞭，不讓不明人士出門，即刻朝門邊衝去。

啪噠啪噠，濺水聲響，芙拉蜜絲低首看著他們的木板地，有人踩過了水窪，濕濕的腳印在木板地上發出聲音，咚咚……小小的足印在地板上顯現，看上去只有三、四歲的小巧腳印，慌亂的在她的房裡繞圈子！

……小孩子？她大驚失色，是走失的靈魂嗎？

那腳印在地上繞著圈踩過水，在木板地上留下濕腳印，芙拉蜜絲就站在門邊，堵住了出口不想讓他離開。

看到那個腳印，不由得讓她想到了……安娜的女兒，羅絲，好像也是這個年紀……難道是羅絲嗎？她也沒有走上靈魂正路？

才閃神，那足跡瞬而往弟妹的雙層床去，芙拉蜜絲當下衝向前就是一抽鞭，啪的一聲明顯地在空中打到了什麼，迸出一聲「哇哇——」

細小的哭聲，是女孩！芙拉蜜絲連忙往前，希望長鞭能鞭出對方的原形，怎知才朝前跑沒幾步，足印已然消失，連咚咚的聲響也不見了！

該死！芙拉蜜絲滑到了弟妹床前護著，小小年紀也這麼狡猾？才在狐疑，足音再響，這是朝著房門而去！

芙拉蜜絲揮出兩鞭撲空，火速奔前，看著房門竟主動開啟，她焦急的想衝上攔，誰知道就快衝到之際，門後的衣櫃竟然陡然一開門，差點打上了她的鼻子！

哇呀……她是沒被打到鼻子，可是還是滑了一大跤！

四腳朝天重重的摔上地，她沒敢大意，旋即翻身躍起，看見的是衣櫃裡鏡子那張慘白無血色的臉，正帶著怒氣睥睨著她！

安娜？她差點失聲喊出來，安娜根本是蹲在地瞪著她的，臉塞滿了整個鏡面，睚眥俱裂，嚇得她連連退向後——有沒有搞錯啊？上一次死掉同學也在她開衣櫃裡渾身是血的現身在鏡裡，現在安娜也在？

怎麼每個靈魂都能夠出現在她的衣櫃鏡子裡呢？

『那個……孩子……』安娜在鏡子裡緩緩站起身，死白的臉面無表情說著話，『找那個孩子……』

「我想找，但是妳阻止了我。」芙拉蜜絲緊皺起眉，「妳不能這樣出現在我家裡……別嚇我！」

她順手從衣櫃裡拿下裡頭吊著的佛珠，朝鏡面叩去，只是還沒叩上，安娜就已經消失了。

芙拉蜜絲撫著發疼的屁股走出房門外，孩子奔跑的足音已經消失了，她不能允許靈魂潛伏在她家，誰知道它會不會傷害人？緊緊握著長鞭與短刀，就算她是安娜的羅絲，就算她很喜歡那孩子，但那都是活著的時候的事了！

樓上！芙拉蜜絲深吸了一口氣，她直覺是樓上，因為空氣的密度跟樓下截然不同，她說不上來哪裡有異，這就是直覺。

亦步亦趨的往樓上走去，她不知該怎麼跟爸媽說，他們或許已經在熟睡……不，萬一那個孩子傷害到爸媽的話——咦，還沒上樓，爸媽的房門開了，難道是——芙拉蜜絲不管一切的急衝上樓，卻看見走出房門的母親。

「……芙拉？」母親狐疑的皺起眉頭，「妳……妳拿著武器做什麼？」

「媽……一切都好嗎？」她試探性的挑眉，「有沒有什、麼在這裡？」

「什麼？」母親打量了她一圈，「要不要告訴我，妳是為了什麼在深夜拿著刀跟長鞭往樓上來嗎？」

「就……有靈體進來我們家了。」她困難的吐出實情，「我沒說謊，我就是——」

「出去了。」母親輕柔打斷她的話語，緩步下樓，輕輕握起她的手，「不要這麼緊張，只是個孩子。」

芙拉蜜絲有些啞然，「果然……妳也感覺到了？」

「腳步聲這麼重，我們當然知道，不過只是迷路的孩子，已經出去了。」母親拍拍她的手，「放輕鬆點，妳不要隨時隨地都這麼緊張。」

「媽，她跑到我房間來，弟妹都在睡覺耶！」芙拉蜜絲算是鬆了一口氣，「真的嚇死我了，我哪知道那小孩想做什麼？」

「迷了路，死亡後卻不知該往哪裡去，在找著媽媽呢。」母親微微一笑，「好了，妳累了一天快去睡，明天一早還要上學——回來還得幫忙，別忘了。」

噢……芙拉蜜絲皺起眉哀怨的望著母親，多希望裝出可憐兮兮的模樣好博取一下同情，只可惜，她瞭解自己的媽媽，外柔內剛，哪有這麼容易的事啦！

她輕吻了母親的臉頰說聲晚安，輕悄的回到房裡，一打開房門就赫見敞開的衣櫃門，被映在鏡子裡的自己給嚇了一跳，差點尖叫出聲。

低咒著不甘願，她緩緩把衣櫃關起來，在叩上的那瞬間，卻聽見衣櫃裡傳來的囈語：

『最鮮嫩的還是……新生兒……』

啪。衣櫃門壓實關上，但是芙拉蜜絲有聽見彷彿鏡子裡傳來的呢喃，最鮮嫩的是新生兒？安娜到底想跟她說什麼？很多時候人連死亡都搞不清楚，才會造成靈魂徘徊，多半是源自記憶混亂，安娜連話都說不清楚。

現在只聽到找到孩子跟新生兒，這兩件事是同一件事嗎？安娜在找新生兒？還是別人在找？聽起來好像是妖獸的口吻，最喜歡吃小孩子的妖獸，在覬覦新生兒。

法海今天也說了類似的話……

堂姐！芙拉蜜絲瞬間想到了即將臨盆的堂姐，鎮上即將降臨的新生兒！

鈴——一樓的電話聲響了起來，芙拉蜜絲倒抽一口氣的轉過身，一樓跟三樓是主機與分機，沒響兩聲後三樓的爸媽便接了起來。

不會的不會的……芙拉蜜絲一邊搖著頭一邊喃喃自語，然後聽見樓上房門開啟，有人急促的跑下樓來，是媽媽！

「芙拉！好消息！妳堂姐生了！」

妖獸喜歡虐殺生物，尤其是人類，最喜歡吃的是小孩。

牠們是妖類與低等魔物混種，屬於低等怪物，與鬼獸一般嗜血，但是等級跟智力都比鬼獸來得高，甚至還優於地獄惡鬼；鮮血可以帶給牠們力量，妖獸較為變態的是，喜歡享受人類的恐懼、痛苦與慘叫聲。

各處都有防禦結界與符文，但是一如地獄惡鬼可以從各種縫隙鑽入，妖獸也會利用這縫隙潛進入人們生活的地方；只是牠們比惡鬼更厭惡太陽，陽光會灼傷牠們，所以牠們常潛伏躲藏於樹林之間。

動作迅速擅跳躍，樹林是牠們最佳的地盤，利甲為刀，手段兇殘，喜好食用小孩，對於大人多以凌虐為樂，不見得會入腹。

芙拉蜜絲耳邊聽著嬰兒的哭聲，忍不住在腦中複習一遍關於妖獸的常識。

「好可愛喔！」眾人圍繞著病床，讚美著堂姐懷中那粉嫩的新生兒，「終於生女兒了！」

「棻棻，恭喜妳！」芙拉蜜絲的母親溫柔的撫摸著嬰孩，「家庭津貼應該會加倍了！」

「是啊，好不容易……這個寶貝女兒的津貼，可以養我們一家呢！」吳棻棻安撫著哭不停的嬰兒，「小寶貝，妳真的是我們家的寶！」

「媽媽，我也要看妹妹！」吳棻棻的幾個孩子紛紛踮起腳尖，好好奇那小小的孩子喔。

「看，這是妹妹喔，你們幾個哥哥要好好的照顧、保護妹妹！」爸爸在一旁交代了，「像不像媽媽？多漂亮！」

「漂亮！」大男孩說著，最小的那個踮足了腳尖還是瞧不見。

寸得堯將之抱起，他是最小的弟弟，「潘潘，這是妹妹。」

「她好小喔！」潘潘眨著眼，晃動手腳時身上發出叮叮噹噹的聲音。

芙拉蜜絲有點開心，因為潘潘身上繫著她做的鈴鐺別針，他們可是很要好呢！

吳棻棻仰首看著丈夫，兩個人親吻了彼此，終於母女均安，又生下一個可愛的女娃兒，無人不欣喜若狂；由於篤信天主，因此神父已經來這裡祈福過了，等孩子滿月就要進教堂受洗。

芙拉蜜絲站在親人鄰居的外圍，她滿腦子都在想安娜提及的：新生兒。

「啊啊，這裡真熱鬧！給我個位子吧？」病房門口走進一個女醫生，笑看著眾人。

「欸，醫生來了！醫生來了！」大家紛紛讓出一條路，「陳醫生啊，謝謝妳接生了這麼棒的女孩喔！」

「母體身體也好，孩子也健康，才能順利生產。」陳靖樺走到病床邊，檢視著滿是喜悅的母女，「不過生產完需要靜養，我知道大家都很興奮，不過還是該去工作跟上學囉，讓棻棻好好休息。」

噢，眾人面面相覷，這等大事誰還記得這麼多？趁著太陽一昇起各家就立刻衝到醫院來，想要慶賀這新生命的誕生！在這生命飽受威脅的時代，新生命是多麼多麼的難能可貴啊！尤其還是個女的！

「謝謝大家來看棻棻。」寸得堯誠懇的向大家行禮，「也謝謝這一段時間來幫忙的各位！」

幫忙他分擔工作，好讓他照顧懷孕的妻子，鎮長辦事處還有專人會在孕婦懷孕七個月後到家裡幫忙家務、保母幫忙帶小孩，為的就是好好安胎，讓孩子平安生下。

女人的福利真的很好，備受重視……芙拉蜜絲悄悄嘆口氣，如果也能讓女人擎刀對抗妖魔鬼怪那該多好！

「真的謝謝大家。」吳棻棻也禮貌的鞠躬。

鎮民鄰居紛紛在恭喜聲中離開，唯至親人還有些依依不捨，像芙拉蜜絲的媽媽熬夜熬了雞湯要給吳棻棻補身體，因為吳棻棻的母親早逝，婆婆去年也過世，坐月子的事就由芙拉蜜絲的母親一肩扛下了。

「好，餵了奶孩子還是在哭，得去檢查一下。」陳靖樺將嬰兒抱過，「老公就好好照顧老婆，我先把嬰兒抱到育嬰室去。」

「好的，麻煩醫生了。」

「有什麼狀況會再通知您們。」陳靖樺將孩子再交給專門護士，便退出病房。

「其實不必這麼麻煩的，鎮上有坐月子福利啊！」吳棻棻看著芙拉的母親正為她斟著雞湯，滿是感激。

「還是自己人來照顧我才安心。」母親笑著，將碗遞給吳棻棻。

「謝謝。」寸得堯接過湯碗，堅持要親餵辛苦的老婆。

「厚，幹嘛在這麼多人面前恩愛啦！」芙拉蜜絲開了口，「好害羞耶！」

親人們輕笑出聲，「這有什麼好害羞的？露娜，妳家芙拉幾歲了，好像也快到選夫的年紀了？」

芙拉蜜絲的父母非常尷尬的轉過頭看向她，僵硬的回著，「是、是啊……」問題是誰敢要她啊。

「啊，我去繞繞！」芙拉蜜絲一聽見這個話題就要開溜，「育嬰室在哪裡？我想去看寶寶。」

她急著出房門，爸爸擰著眉叫住她，「芙拉，妳還要去上學！」

「知道啦，就看一眼！」她回頭俏皮的說著，趕緊三十六計走為上策！

選夫選夫，十六歲就要選什麼丈夫，最好每個人都生十個一打的，這樣子她光照顧孩子就來不及了，哪有時間去參加什麼自治隊，保衛家鄉呢？

芙拉蜜絲走出病房走廊，開始尋找育嬰室，其實他們的醫院也很簡單，就在自治隊旁邊，因為自治隊建地的地質特殊，百鬼不侵，醫院自然也是建在這兒。

醫院一早便相當熱鬧，好像有個工程出了狀況，許多戴著安全帽的工人們渾身是血的被緊急送進來，應該是工程意外；醫院其實只是簡單的磚造四層建築，不論是科學、醫學自然遠遜於五百年前，但是在婦產科這門倒是獨到，很多人拚命學習五百年前的古文……什麼醫學典籍的，就是為了提高生育率、保障生產存活率等等。

因此育嬰室也相當重要，每個小寶寶都會放在那兒照料，以前她的弟妹出生時，她都去看過。

每個嬰兒都是如此天真可愛，粉嫩的……鮮嫩的……芙拉蜜絲皺起眉，不知怎地，她就是想到安娜說的話！

妖獸難道覬覦新生兒嗎？那育嬰室就完全是自助餐廳了吧！

思及此，她加快腳步，往一樓深處的育嬰室奔去！好不容易到了大片玻璃的育嬰室外頭，現在卻不是探望時間，簾子遮去視線，她根本看不到寶寶在哪裡，連一點縫都瞧不到……

背脊突地發涼，芙拉蜜絲顫了一下身子，挺直腰桿，感受到不尋常的氣息在附近飄散；她回過身子，這走廊上空無一人，但是她感覺有什麼在附近，還是上面？抬頭，通風管傳來一種詭異的氣味。

「哇啊啊……」嬰兒哭聲立時傳來，不是來自於育嬰室裡，而是近在咫尺的走廊！

芙拉蜜絲立刻循著聲音向右拐去，嬰兒的哭聲變成悶哼，像是有人摀住她的嘴一樣悶悶的哭，她急起直追，沒幾步後再左拐，然後聽見破門的聲響，芙拉蜜絲滑壘而去，在一扇搖晃的破敗鐵門前煞車！

等等……她嚥了口口水，看著依然在搖晃的門，還有那扇門的對面：地下室。

她不知道地下室通往哪裡，但現在看過去只有一片昏暗，照明是逼近一樓地面的窗子，陰暗潮濕。

她不該貿然進去，萬一出了什麼事怎麼辦？但是現在是白天啊，會有什麼魍魎鬼魅的在裡頭嗎？唉，難講，地下室又透不了光！

幾番躊躇，芙拉蜜絲緊咬著唇，大人的訓誡反而綁住了她的行動。

「哇啊——」外頭傳來尖叫聲，「來人啊！小孩、小孩不見了——」

芙拉蜜絲瞪圓了雙眼，不經大腦思考的取下腰間的長鞭，即刻追了進去。

先是長長階梯，接著是異常潮濕的地下室，她感受得到濕氣，還有嚴重的霉味，一開始還有窗子的照明，但轉兩個彎後，就發現地下室裡還有隔間走廊，早已非鄰近外牆，自然沒有任何陽光。

的確有燈照明，但是……芙拉蜜絲喘著氣站在一條長廊口，這燈未免太昏暗，而且……這長條走廊的白牆泛黃，上有污漬，牆上白漆剝落斑駁，她實在不知道醫院地下室為什麼有這種地方？

而且兩旁都有門，她思考著裡面有什麼跑出來的可能性，還有她能閃躲的機會。

「哇啊……」虛弱的嬰兒哭聲再度傳來，來自於走廊的末端。

緊接著最後一道門陡然開啟，有個罩著斗篷的身影倏地衝出，往走廊末端出口就這麼跑了出去！

「站住！」芙拉蜜絲大喝一聲，拔腿就追，頭上的燈竟突然開始搖晃，燈影閃爍，警戒天線立刻豎起！

說時遲那時快，就在前方不遠兩扇門突然開啟，衝出一個肚子全是血的女人，驚慌失措的朝著她衝過來。

『救我！救救我——我的孩子！』女人尖吼著，那聲音讓芙拉蜜絲全身起雞皮疙瘩，她不得不因此後退，『求求妳救救我，我的孩子啊！』

女人踉踉蹌蹌的往她這邊奔跑，染血的手術服長及膝蓋，但是她的雙腳間卻、卻掛著一個鐵青色的嬰孩，以臍帶相連，尚未徹底與母體脫離。

在醫院迷失的靈魂嗎？芙拉蜜絲驚恐的望著哭號著朝她逼近的女人，她因為雙腿間吊掛著孩子以至於行動遲緩，但是她哭吼的表情都變了，臉皮正向下滑動，眼珠子都快掉下來了！

難產而死的嗎？為什麼還在醫院不走啦！不管天使還是什麼的怎麼沒來接他們走！靈魂要是遇到惡鬼，等等又變成什麼怪物怎麼辦，更何況這種不走的靈魂執念超級深的啊！

芙拉蜜絲節節後退，而那吊掛著的嬰兒突然跳開眼皮，嘶吼著朝她盪過來了——有沒有搞錯啊！

『嬰兒，最好吃了。』

熟悉令人作嘔的聲音自芙拉蜜絲的身後響了起來。

巨大的影子映在地板上，芙拉蜜絲瞪著地面，看著三雙手張牙舞爪的朝她而至，那搖晃的尾巴也彎曲著蓄勢待發——妖獸在上方，就緊鄰她身後，她沒有退路了！

啪——燈光突然炸掉，芙拉蜜絲倉皇得不知所措，聽得左邊有扇門開啟的聲音與風壓，然後一隻手攫住她的上臂往裡拖，緊接著竟然是妖獸的叫聲。

『啊——嘎——什麼——』砰砰砰砰，妖獸在走廊間來回撞擊，一下左面一下右面，緊接著連那迷失的靈體都發出淒厲的叫聲。

她什麼都不清楚，外頭發生了什麼事，但是她感受得到自己被人擁著，貼在門後的牆上，氣息吹在她臉上，對方離她非常的近，近到連髮絲都在她臉上撓著。

「想自殺的話有很多方法，妳老追著那些非人做什麼？」輕柔的聲音在她耳畔響起，芙拉蜜絲瞪大了雙眼。

怎麼會……她倒抽一口氣，看著眼前的陰影，無奈漆黑一片什麼都瞧不見。

「好了，走吧。」男生拉開門，直接拽過她的手。

「等等……可是那個嬰兒……」

「來不及了，妳追不上的。」他輕揚的說著，「我好不容易才把妖獸弄走，妳走不走？」

芙拉蜜絲將腰間的手電筒往上，啪的打開燈，男孩嫌刺眼的別過頭，眉頭微蹙，顯得有些不耐煩。

金色的捲髮，白皙的臉龐，還有那如貴公子般的俊美容貌。

「法海……」

「Forêt。」他不客氣的戳了她的頭，「到底是要我說幾次！」

第四章

喜事瞬間變成悲事，才剛離開懷中的嬰兒轉眼消失，護士說她明明好端端的放在育嬰室的嬰兒床裡，做完初步檢查到外面去填表格，再回來時卻發現嬰兒不見了！

吳菜菜哭天搶地，她剛生下來的寶貝就這樣不見了，護士卻說她什麼都沒看見也沒聽見，但小嬰兒怎麼可能就這樣憑空消失？

「芙拉，妳堂姊還好嗎？」

「我聽說小嬰兒不見了？怎麼有人要搶嬰兒？」

一到學校，芙拉蜜絲就被同學包圍，她原本在校就是人氣王，除了好行俠仗義外，也常擔任調停工作，男生喜歡她的直爽，女孩崇拜她的氣概，備受關注是司空見慣。

「自治隊已經在處理了，也在問有沒有人看到過程。」芙拉蜜絲回得很敷衍，「好了，我已經很煩了，不要來找我了。」

「可是……」一堆人繼續吱吱喳喳。

「很吵耶。」一雙腳砰的翹上椅子，該是優雅的歐洲貴族正把椅子當搖椅似的，只用兩隻後椅腳撐著，「她都說煩了，大家應當適可而止吧？」

哇，連法海都說話了，女生們扔給他甜美的笑容紛紛離開，哼，男生對法海本就多有不滿，他一轉學到校就備受女孩歡迎，要不是看在芙拉蜜絲的面子上，誰要聽他的話啊！

四周一空，坐在窗邊的芙拉蜜絲立刻轉頭瞪向法海，他正悠哉悠哉的看書，眼眸一抬，扔給她一記微笑。

什麼叫不許講！不能跟自治隊說她到醫院地下室，也不能說妖獸在那兒……萬一牠又去偷孩子那還得了？還有地下室到底有些什麼東西？有靈魂未走的話，應該也要超渡一下吧！

再者，她覺得偷嬰兒的不是妖獸，一來新生兒才剛接受神父祈福，身上已經備有十字架；二來那個身影在她眼前跑走的，感覺就像是個人……更別說妖獸後來是出現在她身後的對吧？

重點是，自治隊完全不知道這些內情啊，法海不許她講，還帶她從另一個她完全不知曉的通道離開醫院，完全避開了前來搜查的自治隊！

「這是為妳好，妳不想被當成異類吧？」法海放下書本，輕聲說著，「我也想在這邊待久一點。」

芙拉蜜絲鼓起兩個腮幫子，她知道啊，但是跟真里大哥說說沒關係吧？

但是，法海在帶她離開前要她許下承諾，回報他的救命之恩，就是不能說出他們兩個曾到這地下室來的事。

「我堂姐的小孩不見了。」她嘛著嘴，「這樣子我還什麼都不能說？」

「我救了妳一命。」金髮男孩揚起不懷好意的笑容，「要妳守個密回報這麼難啊……」

「喂，你知道這件事很嚴重嗎？萬一繼續發生事情……」她彎身趨前說著悄悄話，法海卻突然示意噤聲。

「暴走女來了。」他朝門口輕輕一撇頭，芙拉蜜絲跟著坐直身子往一點鐘方向的教室前門看去。

只見江雨晨急急忙忙的走了進來，一進教室就對上她的雙眼，滿是憂心忡忡，看來她也知道出事了。

「什麼暴走女，雨晨她可不記得你那時也在。」她嘟囔的扔下一句。

「不記得比較好，何必讓太多人知道？」法海唇不動的唸著，眼看著江雨晨已經衝過來了。

「芙拉！真的假的！」她不可思議的嚷著。

「噓噓噓……真的真的，妳先坐。」江雨晨原本座位就在她前面，「自治隊已經在搜查了，我堂姐後來哭到暈過去了。」

「就一個小孩不見嗎？」江雨晨不明所以的問著。

芙拉蜜絲笑得勉強，「是，就一個。」因為是最新鮮的嗎？可是在育嬰室裡的嬰兒應該都是出生後沒多久的啊！

她思及此就朝法海瞥過去，她突然有種他早就知道的感覺？昨天瘋媽拐別人嬰兒時，他好像就說過：深怕人家聽不見，還有說妖獸最愛孩子等等，搭上安娜的訊息跟今天發生的事，她幾乎都要百分之百肯定法海知道內情了！

「真可怕……我剛剛在外頭牆上看見自治隊貼公告了，好像是要留意小孩的行蹤，因為鄰鎮有許多孩子失蹤，接著是我們這裡！」江雨晨背著公告上的內容，「我們練習完後也得立刻回家。」

「我們不是孩子吧？」芙拉蜜絲托著腮，開什麼玩笑，她都被禁足了，還要立刻回家多虧！

「有些風聲鶴唳，我昨天聽我爸說，鄰鎮足足少了十幾個孩子。」江雨晨邊說都覺得難受，「十幾個啊，要讓一個人出生到成長談何容易，就這麼消失了。」

十幾個，為數真不少啊，瞧江雨晨傷心的樣子，她就是那種多愁善感的類型，相當溫柔的女孩子，大家都說她像水一般，所以……還是不要告訴她關於妖獸或是安娜已經死亡的事情吧。

「我希望妳外甥女能夠平安無事。」江雨晨認真的看著她，「才剛出生的孩子，誰會對那種孩子下手呢？」

唉，妖獸啊！芙拉蜜絲心底默唸著，往窗外看去，不管是誰，她也都祈禱嬰孩能平安無事，千萬不要落入非人之手。

樓下出現了熟悉的自治隊制服，芙拉蜜絲一心嚮往的職業，她正托著腮觀察那走近老師的自治隊員，沒兩秒後，抬首的人直接捕捉住她的眼神，舉高了手勾勾手指。

咦咦！芙拉蜜絲倏地站起身，真里大哥！

她激動的起身驚動了全班，興奮指指自己，一樓的堺真里點點頭，臉色倒是好看不到哪裡去，催促她趕快下來。

「堺大哥？」江雨晨也站起來往樓下看，「怎麼了嗎？是妳堂姐的事嗎？」

「應該吧！」芙拉蜜絲不知道在興奮什麼，把桌上的書掃進書包裡，竟然一拎書包就要愉悅的離去，彷彿不會再進教室似的，「我先走了，幫我跟導師說一下喔！」

「走？芙拉？」江雨晨丈二金剛摸不著頭腦，只是叫她下去，她幹嘛帶書包啊！

芙拉悄悄瞥了法海一眼，他看起來正專心的看書，完全不想理她的模樣，這正好，她也不想多被警告呢！一溜煙從後面出去，差點撞上隔壁班的鐘朝暐。

「芙拉……喔喔喔……」他趕緊仰身向後，抵住了衝出來的人，「妳這麼急……已經知道堺大哥在找妳了喔！」

「嘿呀，大哥有說什麼事嗎？」

「好像跟妳堂姐有關，啊妳連書包都揹上了？不是一下下喔？」鐘朝暐也莫名其妙。

「以防萬一嘛！」芙拉蜜絲滿臉堆著笑容，趕緊往一旁的樓梯去，「我先下去了喔！」

鐘朝暐連再見都來不及說，就看著芙拉蜜絲三步併作兩步的衝下樓去，而教室前門的方向也徐步走來導師，第一堂課的鐘聲敲響，上課時間到了。

導師一進門江雨晨就舉手報告了芙拉蜜絲缺課的事情，表示是自治隊找她有事，導師點點頭，順便要大家出門在外要小心，禁區全部不要去，也別冒險接近無界森林，還有家中有弟妹幼兒的都要特別留意。

符咒法器務必隨身，因為恐怕有什麼東西潛進來了。

唉！法海不耐煩的嘆口氣，斜眼瞪著左手邊空的位子，啪的闔上書，緩緩舉起手。

「嗯？法海？怎麼了嗎？」

Forêt……怎麼連導師都不改口了？「我不舒服，我想早退。」

自治隊所裡，堺真里遞上一瓶可樂，芙拉蜜絲開心的接過，她被請到堺真里的辦公室裡，氣氛有點嚴肅，但是她卻有點期待。

「妳眼睛亮得有點不像話。」堺真里坐回位子，「通常妳這樣時都沒好事。」

「什麼啊，我是想說大哥怎麼會找我來？有發現什麼事嗎？」她一雙眼眨巴眨巴。

「妳希望我發現什麼呢？」堺真里堆起笑容，芙拉蜜絲瞬間興起一股惡寒。

「也沒有啦，我只是以為……」芙拉蜜絲隨口分散注意力，卻見堺真里從桌上拿出一張東西，好整以暇的推到她面前。

她錯愕的湊前一看，嚇了一跳，她的學生證！

怎麼會……芙拉蜜絲趕緊把書包給拿起來，學生證都是放在書包裡層的透明證件袋裡，無緣無故怎麼會掉——空的，她望著那空空如也的證件袋，什麼時候掉的？

「在哪裡撿到的啊？居然掉了我都不知道！」她伸手要拿回，「謝謝喔！」

堺真里飛快地壓住那張學生證，瞅著她笑，「在醫院的地下室撿到的。」

咦？芙拉蜜絲臉色刷白，怯生生的抬頭看向他，哇咧，果然是、是發現「什麼」了。

「是哦……」她咬了咬唇，如果是被主動發現，就不算違背對法海的諾言了吧？

「是哦？妳要不要解釋一下為什麼學生證會掉在那裡呢？」堺真里瞇起眼，「我問過大哥了，他說妳那時說要去育嬰室，接著就不見了，後來居然在醫院外看見妳走回來，跟他說妳要去上學了。」

「嗯……」她轉了轉眼珠子，真里大哥居然跟爸說了，哎唷！「你認為呢？」

「看到這張學生證，我都不知道該認為什麼，妳什麼不掉，還偏偏掉學生證？那是我一馬當先去探路，萬一被別人撿到了妳要怎麼說？」堺真里收起那張學生證，芙拉蜜絲啊的一聲伸手沒搶到，「還不快跟我說清楚！」

「你要聽真實版還是官方版？」她無奈的回著，堺真里只輕咳一聲，她就投降了，「好啦，我在育嬰室外聽見嬰兒在哭就追過去，結果對方跑進地下室，我便追了下去，但是追丟了。」

堺真里挑高了眉，並沒吭氣兒，只是瞅著她，那眼神淩厲帶著質疑，擺明就是不相信她的話。

「在那條走廊尾端，我看到有個人穿著大斗篷跑走了，然後那邊還有……」她又往前了些，堺真里倒也明白的跟著湊前，「迷失的靈魂跟妖獸。」

一聽見妖獸兩個字，堺真里只差沒跳起來！「妳說妖獸？！千真萬確！」

芙拉蜜絲用力點頭，「昨天我回來時就看見了，你在樹林裡見到的那隻後來一路跟著我，後來是我爸用梵音把牠趕走的，這你可以去問我爸，我可沒說謊。」

「這件事我知道，牠似乎是趁昨晚我們築起結界牆前溜走的。但是牠能潛伏在哪裡？」堺真里眉頭緊皺，芙拉蜜絲實在很想說，她覺得溜走的東西還不少，除了妖獸，還有安娜跟孩子的靈魂，都一起從樹林離開了，正在閒晃。

但是她覺得保留這件事，如同她保留法海也在地下室的事實……只是她好像還沒時間去思考：法海在那裡幹什麼？

難道他就是發現那邊有問題才過去的嗎？她沒記錯的話，法海應該身懷絕技，極有可能是厲害的闇行使，上次他們幾個之所以能逃過一劫，完全就是依靠法海才能活下來的！

「那邊的確見不到陽光，真是厲害……」他抬起頭，「妳呢？有受傷嗎？」

芙拉蜜絲搖搖頭，其實她是差點死於非命吧！若不是法海，她根本不可能坐在這裡。

「牠好像不在意我，很快就逃了，我也緊張的趕緊離開，結果卻誤打誤撞的從另一個出口離開。」她扯謊扯得順溜，「大哥，那個地下室是什麼？」

「以前的手術房，還有解剖研究的地方，但是太多人在那兒死亡，過於陰邪，有闇行使建議乾脆不要再使用了，只留下外圍當倉庫用。」他瞥了她一眼，「迷失的靈魂有害嗎？單純靈魂？」

「是難產的母親吧？孩子臍帶還沒斷，就這樣掉出來，已經是青紫色的了。」芙拉蜜絲想到就頭皮發麻，「媽媽沒走就算了，孩子的靈魂也沒走，媽媽在那邊哭著喊救命，救救她的孩子。」

「唉，以前闇行使就說那邊應該要進行淨化之術，但鎮長覺得醫院的建地既然是獨特的，不畏妖魔鬼怪，就直接駁回，說會影響大家對醫院的觀感。」堺真里提到這點就不甚滿意。

「原來……」芙拉蜜絲咬著唇，「孩子就這樣被抱走了，怎麼辦呢？你們有找到嗎？」

堺真里搖搖頭，「連個目擊者都沒有——扣掉妳！妳說對方身披斗篷嗎？那身形是看不出來了，身高呢？」

「也看不出來，對方奔跑時斗篷是掀起來的，而且下面燈光又昏暗。」芙拉蜜絲實在擔心，「我只擔心後來妖獸追上，孩子會不會已經……」

堺真里嘆了口氣，「我們都不樂觀，鄰鎮十幾個失蹤的也完全沒下落……而且，今天失蹤的還不只那個新生兒。」

「什麼？還有？」現在也才八點半啊，怎麼會這麼多人失蹤。

「吳棻棻的小兒子，應該是同時不見的！」堺真里語出驚人，「大家都被新生兒的事分神，等到冷靜下來，寸得堯已經找不到小兒子了。」

芙拉蜜絲詫異的起身，堂姐一口氣丟了兩個孩子！？「你是說潘潘？潘潘不見了！這怎麼行，堂姐她知道的話——」

「我們只能盡力去找，並且防止事情再次發生。」堺真里突然凝視著她，「還有妳，不要再以身試險了。」

「我沒有！我只是剛好在那邊而已。」她抿著唇，覺得無辜。

「那也不該去追啊！」堺真里是在氣這點，「我去過那條伸手不見五指的走廊，妳知道不管妖獸鬼獸，就算是未知的靈魂都有可能傷害妳嗎？這麼窄的地方，兩邊又都是門，妳怎麼應付？」

她知道，要不是法海在那邊，她真的早死了！可是……

「我沒辦法坐視不管……那是我堂姐的孩子。」她難受的蹙著眉。

「我不是叫妳冷漠，但妳可以叫人，可以按警鈴……」

「那就來不及了！那個人就在我面前，我還聽見嬰兒的哭聲啊！」芙拉蜜絲微惱的低吼起來，「真的等你們來，就什麼都找不到了！」

「但妳追下去又得到什麼了？」

芙拉蜜絲倏地站起，激動的拍桌子，「我讓你知道了妖獸在下面、還有抱走嬰兒的一定是個人類！」

微微的，芙拉蜜絲的紅色過耳短髮無風飄起，像是應和她的怒氣，髮尾似乎閃爍著淡淡橘光，堺真里詫異的望著，但那像是幻覺一般，再定神瞧時已經一如往常。

芙拉蜜絲的性子急、既衝動正義感又強，大家都稱她「烈火芙拉」，與冷靜智慧的雨晨是最要好的朋友，也算是鎮上高中醒目的人物；但她的火爆個性常讓她橫衝直撞，早晚會吃虧的！

感受到自己動怒了，芙拉蜜絲有些不好意思的低下頭，收回了拍桌的手，囁嚅的看著堺真里，她又燒壞腦子了嗎？哎唷。

「對不起……」她立刻開口，「我不是故意的，我是一時激動所以才……」

「芙拉。」堺真里溫聲的開口，「妳一定要改改妳的個性，否則妳會因此受傷的。」

「我……」

「謝謝妳今天提供的一切，那的確是寶貴的消息，但是我不希望妳以身犯險去得到這些。」他語重心長的說著，將學生證遞還給她，「這是我們自治隊該做的，不是妳一個高中女生的職責。」

「我也能盡棉薄之力的。」她心底有點竊喜，喔喔喔，她做的是自治隊的事嗎？難掩愉悅的想拿過學生證，堺真里卻不鬆手的形成拉鋸，芙拉蜜絲不解的看向他，幹嘛不還她啦！

「妳涉入越多，越容易被人發現妳是特別的，懂嗎？」堺真里警告著，「一旦被發現，誰都救不了妳。」

「……」芙拉蜜絲訝然，「那，真里大哥，我真的是……嗎？」

堺真里眼色一沉，鬆開箝著學生證的指頭，「我不知道，這不是我們能認證的——但我不希望妳是。」

唯有闇行使，才有辦法認定闇行使。

芙拉蜜絲收回學生證，妥當的塞回書包裡，堺真里催促她回學校去，她卻想去醫院看一下堂姐再走。

「嗯……」醫院就在隔壁，堺真里倒是沒有阻止，「我聽說妳被禁足了對吧？所以能跑出來時就盡量跑？」

芙拉蜜絲皺眉，大哥笑什麼啦，哼！

「對了，這個拿去背。」堺真里突然塞給她一本小冊子。

「這什麼？」她翻閱著，本子只有掌心大小，但裡面密密麻麻的都是字，「咒文嗎？」

「嗯，藏好別被發現了，今天回去就開始背，背到滾瓜爛熟為止！」

芙拉蜜絲不解的點點頭，趕緊收進書包裡，只是她才走出自治隊，就聽見了如烏鴉般的嘎嘎笑聲，站在醫院與自治隊所中間的路上叫囂著。

「被帶走，孩子被吃掉了——」瘋媽一個人站在路中央大吼大叫，「孩子看見了，都看見了！」

「天哪……她不要在傷口上撒鹽吧，要是讓堂姐聽見了怎麼辦？」芙拉蜜絲第一次不希望瘋媽在這裡，「可以把她帶走嗎？」

「只能勸離，昨天事情鬧成那樣，我們也沒辦法對她怎樣，畢竟她還是居民，精神狀況也不佳。」堺真里也相當無奈，朝著瘋媽走去。

許多人帶著怒氣圍觀，鎮上都發生這樣的事了，瘋媽還在那邊詛咒式的嚷嚷，令大家心生不滿。

「真的！我沒騙人，孩子被吃掉了！」瘋媽一看見堺真里立刻衝上前，揪住他的衣領，「我親眼看見的，孩子被吃掉、安娜被吃掉、那個孩子都看見了！」

這是在繞口令嗎？芙拉蜜絲站在一旁不知道該怎麼理解瘋媽的話，只能看她激動的拉著堺真里搖晃，不停的重複著孩子被吃掉，安娜被吃掉，又說孩子看見了什麼……唉。

「快去找那個孩子啊，他看見了！他都看見了！」瘋媽死不肯走，堺真里正拖著她，「安娜被孩子吃掉，他們吃掉孩子——」

咦？芙拉蜜絲倏地回身，找那個孩子？哪個孩子？她想起安娜說的話，難道、難道「孩子」指的不是同一人？！

「等一下！」她焦急的跑到瘋媽身邊去，「妳說什麼孩子？慢慢講……」

「孩子被吃了，他吃了安娜，但是那個孩子都看見了！」瘋媽發現有人要聽她說話，可積極了，瞪著凸出的眼激動的對著芙拉蜜絲說。

「等等等……」芙拉蜜絲不顧周遭眼光，直接蹲在地上，隨手拾塊石頭在路上畫起來。一個圈、一個三角形、一個正方形、一個很長的長方形。

「芙拉……」堺真里蹙眉，「妳該去學校了。」

好像才說不要管閒事沒有五分鐘吧？她的腦子是會自動過濾這五個字嗎？

芙拉蜜絲根本當他不存在，拿石子敲著地上，瘋媽還跟著煞有其事的蹲下來，堺真里注意到圍觀的人多了，有些心急。

「三角形孩子跟方形的孩子被大圈吃了、然後大圈吃了安娜……」她用圖形代表，「那個孩子看見了！」

「不不不！」瘋媽連忙搖頭，搶過芙拉蜜絲手上的石子，在大圈那邊點著，「大圈吃掉孩子，他再吃掉安娜！」

堺真里瞪圓了眼，看著瘋媽的手在三角形上點了兩次，趕緊蹲下來，扳過瘋媽的肩頭，「妳說什麼？妳說大圈吃掉三角形的孩子，三角孩子吃掉了安娜？」

「是啊是啊！他吃掉安娜！」瘋媽用力點頭，再轉回來將石子點上長方形，「這個吃掉這個孩子！」

長方形後點上正方形……意思是，「安娜另一個孩子是被別的東西吃掉的！」

「那哪個孩子看到了一切？」芙拉蜜絲慌張的指著地上所有的圖形，「哪一個！」

瘋媽突然怔住了，她一下歪左邊、一下歪右邊，最後抬起頭來思考，左顧右盼，讓所有人都急翻了。

「瘋媽？是哪個孩子？」堺真里指著三角形跟正方形，希望快點得到答案。

「啊——那個！」瘋媽突然雙眼一亮，手往前筆直指去。「那個孩子！」

所有人不約而同的回頭看去，芙拉蜜絲跟堺真里跟著抬頭，卻在人群前方，看見正路過的金髮少年。

芙拉蜜絲錯愕的起身，看向拿著書悠閒經過的法海，他微微側首，斜睨著瘋媽，看著她傻笑著繞著他轉，食指比了又比。

「幹嘛？」他懶洋洋的回著。「妳不是應該在自治所嗎？」

「他，這個孩子看見了。」瘋媽興奮的又叫又跳，動手捏起法海的金髮，「有漂亮的頭髮……」

電光石火間，法海倏地向左轉去，瘋媽竟然眨眼間就向後摔去，彷彿被什麼使勁推開似的，硬是飛離法海兩公尺遠！

所有人都站在法海右側，左邊根本沒有人，而且法海雙手都自然垂下，右手甚至還扣著書，沒有推開瘋媽的跡象啊！

噯！芙拉蜜絲不由得擰起眉瞪向法海一眼，趕緊跑過去將瘋媽攙起，是他做的嗎？

「哎唷……哎……」瘋媽不想站起，就坐在地上，「小小的，好~漂亮的男孩唷，金光閃閃的頭髮，這麼一丁點兒……」

她比出一個高度，與她的頭齊高……她坐著的高度。

金髮的男孩？堺真里立即開始回想，鎮上有哪幾個差不多高度的金髮男孩？

「大哥？」芙拉蜜絲聽不懂。

「我得去清查所有差不多年紀身高的金髮男孩，安娜他們出事時有別的孩子在。」堺真里走過來彎身扶起瘋媽，一邊回頭瞥著法海，「你也真是的，連扶都不想扶？」

法海連一眼都不瞧，「我討厭人家碰我。」

言下之意，難道是承認剛剛推倒瘋媽的就是他嗎？芙拉蜜絲氣呼呼的瞪著他，別人以為瘋媽是跌倒的就算了，她知道法海的能耐！

「找到的話也請告訴我，那個男孩可能很重要！」芙拉蜜絲認真的低語。

堺真里斜睨著她，光用眼神就能質詢她了，這丫頭還有什麼沒說嗎？但這時芙拉蜜絲趕緊別開眼神，奔到法海身邊。

「走吧！」

「走去哪？」他指指反方向，「妳該回學校了，我不舒服，早退。」

芙拉蜜絲根本沒理他說什麼，自然的伸手勾住他，「陪我去個地方啦，走啦走啦！」

法海瞪著自己的手肘看，她剛剛是沒聽見他說「他討厭人家碰他嗎？」

兩個人火速的離開現場，所有人都已經熱烈的討論起來，瘋媽的瘋言瘋語反而讓大家詫異，有兩個東西吃掉了孩子或安娜，那分別代表什麼東西呢！

萬人林在鎮子的範圍裡，又有什麼東西潛進來威脅大家的生命了啊！

「大家稍安勿躁！瘋媽的證詞還需要證實，不過萬人林別過去了，那邊昨晚自治隊已經架起結界牆！」堺真里宣佈著，「請大家務必盯好自己的孩子！」

回過身子，已經失去了芙拉蜜絲的身影，這丫頭在搞什麼鬼？她沒回學校也沒進醫院啊，她到底是要去哪裡！

第五章

芙拉蜜絲還不想回學校，她很想再去醫院地下室一趟，也想去安娜她家，不過不到一半就折返，倒不是因為法海阻擋她，而是因為半路遠遠的看見媽媽，她怎麼能讓媽媽知道她翹課在外面遊蕩呢？

但法海一點都不想陪她，「我好像說過我不舒服。」他擰著眉瞪她，「我要回家了。」

「你騙人的。」芙拉蜜絲倒是回得乾脆，死挽著他的手不放，「我想再回去醫院地下室一趟，我覺得有些怪怪的。」

「我不想。」法海打算把手抽回來，「妳這麼不珍惜生命是妳的事，我要走了。」

「欸……你不陪我我怎麼辦！」她低聲嚷著，「讓我一個人去嗎？」

法海挑眉，喲，變他的責任啦？「我覺得妳根本不該去！」

「喂，你也太不夠意思了，明明有能力還不幫大家解決問題！」芙拉蜜絲板起臉來，「你說，你是哪個等級的闇行使？初階？中階？高階？不會是闇行使者吧？」

「使者」是闇行使最高階的代稱，據說全世界不超過十人，一人可抵千軍萬馬的妖獸、鬼獸，連魔類都能制伏——但同樣也是反靈能者集團的主要獵殺對象。

「妳想像力真豐富。」法海挑起一抹冷笑，「就算我是，我為什麼要幫忙解決問題？你們又不是對闇行使多好，想想來這裡幫忙的，還得被趕到萬人林附近的廢屋去過夜，連打掃都不打掃，送去的餐又冷又硬，好像闇行使欠你們的。」

芙拉蜜絲有些訝異的倒抽一口氣，「你知道得好清楚喔！你跟上次來的闇行使見過面嗎？」

法海別過了頭，高傲的闔上雙眼不想回應，因為他不想說：他家就在那邊！當然看得見可憐兮兮的闇行使在那邊清掃屋子，嫌屋子老舊髒亂連一點遮風避雨的地方都沒有。

他當然不適宜請他們到屋子裡坐坐，不過至少能提供水跟乾淨的被子，這群人類喔，實在有些超過；不過倒是有幾個親近闇行使的人悄悄送熱騰騰的食物跟毛毯過去，至少他認得的……就有那位睿智沉穩的堺真里。

「想也知道，都已經死三個人，又失蹤兩個孩子，我看你們鎮長還得開兩天的會才要決定是否要請闇行使。」法海笑了起來，「真的等到闇行使抵達，只怕鎮上人口又得少上十幾人了。」

芙拉蜜絲緊皺起眉，不高興的把手抽回，「不要笑！這種事有什麼好笑的！」

「嗯？」法海連輕蔑的笑看起來都很迷人，「非常好笑啊！明明有人可解決卻不願請，而有更多人也明知有問題卻還要依賴制度？會議？人類創造出來的東西真的很有意思！」

「……算了，我知道你們也不喜歡我們普通人。」芙拉蜜絲不悅的咬咬唇，「你們所受的不平等待遇我沒話說，我要去看堂姐了，你要回家可以閃了。」

法海忽然衝著她笑了開，那瞬間的風采頓時讓芙拉蜜絲心跳加速，而法海就這麼欺近身前，他身上竟然有淡淡的花香，就貼在她頰畔。

「妳是普通人嗎？芙拉？」

喝！她腦子是清楚的聽見了，但是全身僵硬，感受著箝握在她肩頭的手，貼在她頰畔的臉龐，還有撓著她臉頰的金色捲髮——救命啊！

她的臉頓時通紅，活像被滾水澆淋過，法海噙著笑直起身時還一怔，瞅著她通紅的臉不禁笑了起來。

呵呵，真不愧是「烈火」芙拉，臉都能紅成這樣？

哎！芙拉蜜絲羞窘得雙手掩臉，掌心感受得到發熱的臉頰，二話不說扭頭就往醫院跑去，殊不知自己疾走的姿勢怪異到同手同腳，附近見狀的人都在輕笑……唉呀，就算是五個孩子的媽，看到法海也很難不臉紅啊！

看著僵硬背影的法海依然覺得有趣，這女孩衝動時不經大腦，談到正義跟保護時卻一馬當先，毫不猶豫，現在居然只是因為他說句悄悄話就成了這副模樣，煞是可愛。

唉，他輕輕撥了金髮，這也代表他的魅力是如此的歷久不衰啊！

他該回去了，有個小子急需要教訓……

「法海！」身後重疊了好幾個女人的聲音，嬌聲嬌氣的。

他微微側首，看見的是五、六個女人正打量著他，這幾個女人最少都三個孩子的媽了，不過女人向來有權決定孩子的父親，即使婚後也能再選擇別的男人生子，一來是為了以防基因缺陷，二來只要能增產，無論怎樣都行。

打從他搬來開始，這鎮上對他感興趣的女人就非常多，誰不希望生個漂亮的孩子，但相當遺憾，他沒興趣。

「法海，要不要到我家——」女人們開始邀約了。

「我不舒服，想先回家了。」法海直接打斷她們的話，卻不吝惜給予微笑，「真抱歉，下次再說吧！」

「啊，那到我家休息吧，我家很近的呢！」少婦急著想招呼他。

法海嘆口氣，落單是個錯誤，他還有很重要的事情要做……那小子，竟然曝光了！

芙拉蜜絲在醫院撲了空，吳棻棻醒來後知道潘潘也失蹤後，哭哭啼啼的就往教堂去了，她猶豫著要不要跟去教堂，陳醫生則勸她先不要前往。

「棻棻由她丈夫陪著，現在其實任誰去安慰都只是讓她心煩而已，我們幫不上什麼忙。」

陳靖樺陪著她往醫院外走，「她的身體已經不再是問題，最重要的是心理，我有交代她祈禱完就必須回醫院休息。」

「早上真的都沒人看到潘潘嗎？」芙拉蜜絲一直百思不解，「早上來祝賀堂姐的人這麼多，居然沒有人看到誰把潘潘騙走了！」

「就是人這麼多，才有下手的機會啊！」陳靖樺有些無奈，「而且所有人的注意力都在小嬰兒身上。」

「可是，在我離開病房前，潘潘還在的。」芙拉蜜絲咬著唇，感覺好像是新生兒跟潘潘同時被拐走似的。

「是嗎？」陳靖樺顯得困惑，「其實我一直都沒注意，我甚至連其他兩個在哪都沒留意。」

「唉，因為醫生只顧著小嬰兒啦！」芙拉蜜絲走出醫院外頭時才有些不解，「醫生也要外出嗎？」

「是啊，我要去托育中心那邊看看。」陳靖樺笑得燦爛，眼神都笑彎了。「難得這麼多小朋友聚在一起，可以好好的檢查檢查！」

「托育……中心？」芙拉蜜絲唸著著拗口的名詞，「這是什麼東西？很多小朋友的地方，孤兒院？」

「不是，是前兩天才成立的臨時站。」陳靖樺領著她往左手邊的大路彎去，「安娜出事之後，再加上鄰鎮的風聲不斷，誰不人心惶惶？可是不可能把孩子永遠關在家裡，女人還是有家務要做，孩子又多，能怎麼辦？所以我們設了三個點，把孩子集中看管。」

「哦，托育，照顧孩子！」芙拉蜜絲哇了一聲，「好厲害喔，誰負責幫忙照顧孩子啊！」

「當然是生最多或是經驗最豐富的啊！」陳靖樺也笑了起來，「剛好是莎拉多明哥、謝媽跟蘆田太太。」

呃……芙拉蜜絲認真的思考著，她只聽過後兩個，第一個很陌生！謝媽原本就是很會帶孩子，蘆田太太更甭說了，早年喪夫，一個人撫養七個孩子就算了，她孔武有力的接下丈夫砍伐林業的工作，隻身一人扛斧頭，就能到林子深處去砍伐珍稀木材！

「蘆田太太跟謝媽都住在我們這一區，大家騎腳踏車過來也便利，莎拉住在南區比較遠的地方，方便南區的人過去。」陳靖樺顯得有點失落，「這也是大家自己想出的辦法，只希望可以照顧到每個孩子，不要再有孩子被誘拐走。」

「醫生……」身為婦產科的醫生，陳靖樺是鎮上唯一的女醫生，她在鎮上服務快十年了，好多小孩都是她接生，也是她看著長大的，自然非常愛孩子。「妳一定也很不好受吧？」

「怎麼說呢？」陳靖樺果然浮現一絲傷悲，「在這麼難生存的時代下出生，卻這麼多人無法等待長大……我常常在想，身為人類，是否就是一種詛咒？」

「詛咒？」芙拉蜜絲哇了聲，她沒聽過這種說法。

「妳想，從每個孩子呱呱墜地的那瞬間起，要面臨的就是環境的威脅，被殺或被吃掉，鍛鍊自己，一切都是為求生存而奮戰。」陳靖樺搖了搖頭，「一生都生活在恐懼與死亡的威脅中，這樣不是很辛苦嗎？」

芙拉蜜絲從未用這種角度思考，但是醫生說得不無道理啊……她緩緩點著頭，從有意識以來就是要鍛鍊鍛鍊，全身的肌肉都必須要結實，要能逃能跑能跳，每個細胞都要訓練成作戰的反應，才能在鬼獸之下逃出生天。

儘管每個人都這樣鍛鍊，但遇上鬼獸能活下來的依然是少數啊！

「這樣想起來有點累……」芙拉蜜絲嘆口氣，「為了活下來真的好辛苦。」

「是啊，人數銳減容易，出生數永遠趕不及……我親手接生了這麼多孩子，也有一半的孩子活不過十歲。」她幽幽的看向芙拉蜜絲，「妳大弟也是……快五年了吧！」

芙拉蜜絲倒抽一口氣，僵硬的點點頭。大弟也是醫生接生的，卻連五歲都沒有活過。

許多孩子順利出生卻不一定能健康活下去，被殺、被吃，甚至病死！每個孩子的死亡，都帶給醫生極大的痛苦。

「別的不說，王宏一的事我也耿耿於懷。」陳靖樺低落著，「明知道他做了許多錯事，但我記得他是早產兒，身體很差，好不容易才調養好的……」

「但是他後來變成鬼獸了，醫生，他在殺人時不是鬼獸那殘暴的心，而是王宏一原本的靈魂在作主。」芙拉蜜絲知道對醫生來說，照顧過的孩子都是好的。

「我懂我懂，我只是擔心宏一他媽媽，我也知道她袒護宏一過度了，可是畢竟他們是母子……這是沒辦法的事。」陳靖樺看向芙拉蜜絲，「宏一媽媽失蹤到現在，有什麼消息嗎？

妳有聽說嗎？」

芙拉蜜絲搖搖頭，自從變成王宏一的鬼獸被闇行使收服後，王媽媽就失蹤了，跟另一個疑似變成魑魅的同學小乾一道消失。

「我就是怕她受不了打擊……我等等還是去看看好了。」她嘆口氣。

「咦？去看誰？」芙拉蜜絲沒聽懂。

「去王家繞繞，說不定宏一他媽媽會回來也說不定，再順便去看小乾他爸媽，孩子失蹤，也是很難受的事。」陳靖樺苦笑著，「這是我僅存能為那些孩子做的事了！」

「陳醫生……」芙拉蜜絲咬咬唇，醫生真的很在意孩子們。

「唉，我怎麼失落起來了，別聽我說傷心事。」陳靖樺拍拍雙頰，「永遠是活著的人最重要。」

「嗯！」芙拉蜜絲泛起苦笑，這是大家生存的準則。

太容易有死人了，所以活著的人才重要，即使鄰鎮失蹤了十幾個孩子，人們還是會繼續生活，並且做好那些孩子已經死了的心理準備；堂姐亦然，她祈禱孩子們活著，但是心底深處也已經做了最壞的打算。

遠遠的傳來孩子們的嬉鬧聲，一大群孩子在路邊跑來跑去，只見蘆田太太在那兒吆喝著，要他們全進屋或進院子裡，不要在馬路上亂跑；陳靖樺就是要去那兒順便一道檢查孩子們的身體狀況，也預防萬一有人感冒，才不會一口氣傳染給大家。

「好啦。」陳靖樺突然停下腳步，「妳不是應該回學校了呢？」

「咦！」芙拉蜜絲立正站好，打量自己，對厚，她還穿著制服拿著書包哩，「是、是差不多要回去了！剛剛是真里大哥叫我去自治隊，所以我想說順便去看一下堂——」

「芙拉！」陳靖樺笑著舉起手，輕拍她的雙頰，「不必跟我解釋這些，快點去就是了！」

從小，陳靖樺總是這樣哄著他們的！

芙拉蜜絲點點頭，雖然她超想再回到醫院地下室去，但是法海說得對，必須珍惜自己的生命，不能再讓爸媽擔心。

反正要找到潘潘，一定還有別的方法！

在此之前……她轉過身竊笑著，剛剛提到謝媽也在照顧孩子嘛，去跟謝媽要幾顆新鮮的蕃茄吃吃吧，謝媽種的蕃茄最好吃了呢！

芙拉蜜絲偷偷張望，一溜煙從旁邊的小巷跑了。

「欸——謝媽謝媽！」門外，有人在高聲吆喝著。

謝媽看了一眼在客廳裡玩耍的孩子們，走出門外應了聲，「怎麼啦？」

「我看到妳後院有孩子在那邊玩啊，是溜出去的嗎？」婦人蹙著眉，「那不是妳家孩子嗎！」

「什麼？」謝媽一僵，忙不迭的走出來，「怎麼可能，我後門扣了鎖，孩子們出不去的。」

「唉，就是去看看吧！我真的看見有孩子在那邊跑上跑下！」

嘖！謝媽隨手拿過門外的掃把，將門給關好，道聲謝就從屋外往門邊右拐去。她家兩旁都沒屋子，相當寬廣，所以她拿隔壁的地來種菜種蕃茄，雖然圍了柵欄，但是小孩要爬過去的確很容易。

奇怪咧，在她眼皮子底下，居然還有人敢溜出來。

謝媽移動吃重的噸位，操著掃把往後院去，「誰跑出來玩了，立刻給我出來！」

她一轉彎，來到了後院，卻忍不住一怔，竟空無一人？

「好小子，你在哪裡啊，出來！」她扯開了嗓子吼著，後頭是塊小空地，種了些果樹也堆放了許多雜物，跟後頭的樹林公有地以柵欄區隔，「現在出來謝媽不打！快點！」

謝媽到一旁的工具堆放區裡尋找，那兒用帆布蓋著，她左掀右掀，就是沒有孩子躲藏的痕跡。

果樹這麼矮也不可能躲啊，往後頭的樹林看去，哪個孩子這麼有種，敢跑到林子裡去玩？界線的柵欄也高，孩子不應該爬得過去。

喀噠。細微的聲響引起謝媽的注意，在她後院的最最角落那兒，擱了個小工具箱，用早期的舊衣櫃改的，裡頭放些比較貴重的農械器材，就怕有人偷了拿去變賣，平常都上鎖的。

謝媽躡手躡腳的走近那工具箱，竟然微微晃動著，最讓她怒火中燒的是，她那鎖竟然被扯掉了，是哪個壞小子──「還躲！讓我找到了吧！」

謝媽怒吼一聲，冷不防打開了工具箱的門！

沒人？她錯愕的望著工具櫃裡，什麼都沒有，她的器械好端端的放在裡頭……這是怎麼回事？但剛剛這櫃子整個都在震動啊，明擺著就是有人躲在裡面……或是從外面……搖晃著這口櫃子。

呼嚕……獸般的喉音在她耳畔響起，謝媽瞪圓著雙眼，感受到有什麼就在她肩頭後方，在公有地的林地範圍，那兒是陰涼之處，篩過的陽光較少……

一大滴水啪噠的落在了她的肩頭，伴隨著童稚聲音，『我肚子餓了……』

謝媽倏地回身，高舉起手上的掃把，眼底映著的是一龐然大物，張大的嘴裡、喉頭的地方，有著一顆小小的人頭──

「鬼獸啊啊啊啊啊──」

大口往下罩住謝媽吶喊的頭，啪噠咬下，鮮血四濺。

好奇跑過來的女孩子呆站著，手上的餅乾滑出了掌心，看著謝媽的身體倒地，而那身上滿是鱗片瘡疤的鬼獸正貪婪的將手刺穿謝媽的身體當叉子，又塞進嘴裡。

喀吱喀吱，咀嚼骨頭的聲音響著，然後猙獰的鬼獸眼珠朝角落看了過來。『肚子餓了……』

邊說，牠邊噴出帶血帶肉的口水，貪婪的望著小小的女孩。

「哇呀——」女孩扯開尖銳的嗓音，鬼獸將謝媽剩下的殘骸塞進嘴裡，踩爛柵欄衝了過來。

今天極陰，雖是白天，但陽光的殺傷力相對的減緩許多！

說時遲那時快，長鞭倏地拋出，狠狠的鞭向那因懼於白日而行動較遲緩的鬼獸，一鞭鞭開牠身上看似粗厚的鱗片，再火速抱走尖叫不止的女孩，往菜圃那兒退去。

『吼——』鬼獸痛苦的大吼，低首看著自己身上那道右斜下的鞭痕，焦黑的邊緣還泛著橘光，牠兇惡的瞪著芙拉蜜絲，咬牙切齒，但卻很快地狼狽轉身，往樹林裡逃逸！

「站住！」芙拉蜜絲想要追，但卻被女孩一把緊抱住腳，她低首催促，「妳到大路上去找大人，快點！」

「哇呀——」女孩抱得更緊了，芙拉蜜絲焦急的正首看著再度跨過柵欄的龐大身影，已經遠離了鞭子的長度範圍了！「哇哇——」

唉！她又氣又惱的懊悔，好不容易趁鬼獸白天行動，她說不定可以把牠逮住的啊！讓牠逃掉，只是多犧牲一條人命而已！

望著白色柵欄上的鮮紅血跡，謝媽就這樣被吃掉了，鬼獸已經餓得受不了了嗎？所以才會冒險在白天行動……她彎身將女孩抱起，女孩緊緊摟著她的頸子，放聲大哭。

她走到工具堆旁的立鐘，拉開細繩讓鐘得以活動，然後拿過銅棒在上頭敲響了代表著死亡與危險的鐘聲。

清脆而響亮的鐘聲立刻響起，代號是有鬼獸殺人，所有人都會聽見，然後會一戶傳一戶，直到傳遍整個鎮上；鎮上到處都是警鈴，有電力支撐的，也有這種設置在戶外的警鐘。

噹噹噹的聲音在鎮上開始傳開，芙拉蜜絲不懂的是，每處柵欄上都寫滿符咒，鬼獸是怎麼跨過來的？怎麼有辦法越過防禦結界，堂而皇之的吃掉人呢？

第六章

黃色封鎖線再度封鎖住謝媽的後院，自治隊仔細檢查著柵欄邊的血案，目擊的小女孩被專人帶走安撫，對她來說驚嚇太大，哭得唏哩嘩啦。

堺真里沒有來，到這裡處理的是第二小組的自治隊員，組長是約翰，他也皺著眉看向芙拉蜜絲，老實說安林鎮現在沒有人不認識她，原本就是相當活躍的女生，跟他們隊長關係又很好，上次跟鬼獸一戰後更是聲名大噪，但是……

他們都好想問：怎麼又是妳……

「妳不是應該在學校？」約翰忍不住問，「為什麼會跑到這裡來？」

「真里大哥找我問一些事，我離開後原本想去看我堂姐，然後……」她發現解釋起來太長了，尷尬聳聳肩，「反正我是好奇想來謝媽這裡看看，然後跟她要顆蕃茄，她種的蕃茄超好吃的。」

「然後就這麼剛好妳遇到鬼獸食人！」約翰從看到她開始已經連嘆了好幾口氣。

「真里大哥呢？」她對於堺真里沒到有點訝異。

「他帶兩個小組去南區巡邏了，好像覺得那邊不平靜，誰知道我們這兒卻出事了。」約翰做著簡單的筆錄，「回到正事，鬼獸有傷到你們嗎？妳說妳沒看到牠吃掉謝媽對吧？」

「嗯，我是聽見女孩尖叫才衝進去的，那時鬼獸已經踩在謝媽的後院上了，因為陽光所以牠行動緩慢很多。」芙拉蜜絲相當懊悔，「如果我走快一點，說不定還可以救謝媽……」

「生死有命，不是什麼事妳都能做到的。」約翰看看手錶，「妳也沒看見什麼，重點還是在那小女孩，所以沒妳的事了，快回學校吧，妳都翹課一上午了！」

「沒有翹課！」她噘起嘴，「是公務！然後才不小心又遇到這件事！」

「是是是，芙拉蜜絲，學校應該是反方向厚？」約翰皮笑肉不笑的說著，芙拉蜜絲只能摸摸鼻子。

才繞過封鎖線要走出去，另一個自治隊員正巧從謝媽家裡走出來，「芙拉蜜絲，其他的孩子妳放到哪邊去了？」

「其他的孩子？」芙拉蜜絲愣愣的鑽出封鎖線外，「什麼其他孩子？就剛剛那個女生……」她指向正被陳靖樺跟媽媽安撫的小女孩。

「就謝媽負責的其他孩子啊，應該在屋裡的。」自治隊員皺起眉，「我們剛剛從上到下都翻過了，裡面沒人啊，連謝媽自己的孩子都不在。」

芙拉蜜絲有些訝然，「我、我不知道啊，我是從外面直接繞到後院的，我沒有進屋啊！」

自治隊員一怔，站在三階高的樓梯上望著她，芙拉蜜絲心生不妙，這言下之意是屋子裡原本有許多孩子，但是現在不見了？

這番對話讓焦急圍觀的家長們都瘋了，他們開始扯開嗓門大喊自己孩子的名字，推擠著要衝破自治隊員圍起的封鎖線，嚷著要找自己的孩子。

「天哪……」自治隊員喃喃說著，「妳救了芬妮後，就沒有進過屋裡？」

「沒有啊，你可以問芬妮，我抱著她站在原地等你們到啊！」芙拉蜜絲用力的搖頭，「站在屋子的旁邊我又看不到正門，但是我們都沒有聽見誰離開屋子啊！」

「孩子！我的孩子呢！」有母親高喊著，「我託給謝媽的孩子呢！」

「我的孩子呢？我的小杰！」

爸媽們爭相呼喚，芙拉蜜絲驚訝的回身看著又哭又喊的父母親們，看這數量，謝媽幫忙托育的孩子只怕不是一兩位，但是都不見了？

「芙拉蜜絲，妳快走。」約翰立刻上前低語，「再不走等等很多人會纏住妳，至少先到學校去！」

芙拉蜜絲趕緊點頭，她明白約翰的意思，因為她剛剛在這裡，家長們一定會拉著她問孩子呢？怎麼沒看見誰之類的問題，這種事不是她說不知道就可以輕易打發的，因為那些都是孩子走丟的母親啊！

她在自治隊建立的封鎖線區域往學校的方向奔跑，這是她第一次覺得學校超可愛的，她巴不得立刻回學校去！

可是她滿腦子還是在想那些孩子呢？有多少是她認識的？又是誰帶走他們的？妖獸？妖

獸可以堂而皇之的進入謝媽家裡嗎？陽光不是會灼傷牠們嗎？

狂奔回學校的芙拉蜜絲中途不管誰叫她都沒停下過，一路直達學校門口時，警衛開門讓她進入。

噹——噹——噹——遠遠的，傳來此起彼落的鐘聲，芙拉蜜絲驚愕的往鐘聲的方向看去，那是南方，鐘聲的代號是……死亡？鬼獸？

就在她進入學校後，警衛關上鐵門的那瞬間，她卻瞥見了什麼，讓她遲疑兩秒後，倏而回身握住鐵門的欄杆，望著站在校門外遠處的小小身影。

那是個小男孩，頂著金色的短捲髮，正躲在樹後看著她——瘋媽沒有說謊！真的有一個小男孩，然後……

「喂——」芙拉蜜絲衝著他大喊著。

男孩努了努鼻子，還朝她扮了個鬼臉，咻的跑走了。

『找到那孩子！』腦子裡響起安娜的話，安娜，妳是說這個孩子嗎？

寬廣的操場上，所有學生都在鍛鍊體格，有人正在跑操場二十圈暖身，有人在做伏地挺身，也有人已經暖身完畢，進行專業訓練課程：射箭、飛刀、槍枝、大刀、武士刀、西洋劍、短刀、長刀、長槍，各式各樣的武器訓練。

清一色都是男同學在練習，女學生們按照慣例，都在室內館，不是做家政，就是學習撫育孩子，或是自由的游泳課；女孩子們只需要基本鍛鍊，也可以選擇專業科目，但不需要如此操練，鍛鍊自己是為了自保，不過保護能生育的性別是大家的責任。

唯一例外的，是利用學校後面小空地練習的芙拉蜜絲以及江雨晨。

江雨晨咬著牙噙著淚，手上拿著好幾支飛刀，朝著高大的人形靶射去，每一刀帶著忿怒，刀刀命中要害；她的妹妹也失蹤了，正是謝媽幫忙帶的孩子之一，下落不明，被誘拐走了。

芙拉蜜絲需要的空間較大，距她數公尺外放了張桌子，桌上擺了一排可樂罐，而她擅長的長鞭上繫了把刀，她必須揮動鞭子，讓刀子刺進或劈開一瓶可樂罐，不能動到其他瓶子。

專心，芙拉蜜絲調節呼吸，才開始練習第二天，每天的狀況都是慘不忍睹，平常使鞭子時可以準確無誤，但繫上刀子後重心完全不同，準確度差了好多！

緊緊握住，她深吸了一口氣，屏氣，「喝啊！」

鞭子咻咻的朝前鞭去，刀子一口氣掃掉了右邊五瓶可樂，芙拉蜜絲看了直哀嚎，又失敗了！

「不錯，有進步。」一旁傳來悠哉悠哉的聲音，芙拉蜜絲往一旁瞪去，金髮的少年正坐在躺椅上，旁邊還撐把傘，半躺著觀賞。

「你會不會太誇張啊，還特地搬躺椅跟陽傘來！」芙拉蜜絲氣呼呼的收回鞭子，「不想練不會回家喔！」

「我也想啊，妳去跟導師說。」法海一臉無辜，「再說躺在這邊也挺舒服的，妳沒躺過沙灘椅吧？」

「沙灘椅咧，海裡有多少魔物你不知道嗎？現在誰還敢靠近海邊！」沙灘椅都快是歷史名詞了，光是能生出這玩意她就很佩服了！

法海笑了笑，突然從椅子上坐起身，走到芙拉蜜絲身邊來，她狐疑的瞅著他，搞不懂這傢伙要幹嘛！

「妳應該要先習慣新鞭子的重心跟重量。」他站在她身後，冷不防的從後握住她執著鞭子的手，「揮動，重心在哪裡，要怎麼樣才能讓鞭子揮舞得流暢，怎樣讓鞭子的尾端到妳想去的地方……」

他拉著芙拉蜜絲轉過身子，對著沒有任何目標的空間大力揮舞著，芙拉蜜絲可以感受到法海的力氣好大，她完全不需要出力，被他牽握著行動，可是卻能感受到鞭子的收放自如。

法海不是在揮鞭，那像是在跳舞……她的鞭子在跳舞般輕盈，如何輕轉手腕就讓尾端振幅變大，如何只是一甩就讓尾端橫掃出大範圍，如何讓鞭子躍動著，刀子的方向跟著改變！

天哪！芙拉蜜絲在內心驚喊，法海也會甩鞭？而且這種力道，不像是沒鍛鍊的人啊！他該不會都不在學校練習，在家自己練個半死吧！

才在想，法海突然扭過她的腰，將鞭子朝桌上的可樂瓶甩去——鞭未到，刀尖刺中了鋁罐的正中央，手腕一收長鞭倏回，法海的左手越過她頰畔，在她的鼻尖前接住了回掃的可樂瓶。

那速度之流暢迅速，叫她連眨眼都來不及。

「有感覺嗎？」他輕聲問著。

「……」呼，芙拉蜜絲正在換氣，「有、有耶！」

她喜出望外的向左看去，她是真的抓到竅門了，只是才一轉頭，就發現她跟法海幾乎都要貼上了！

她根本看不到那張漂亮的臉，只看見他如綠寶石般的眸子。

「妳悟性很高，加上之前原本就善於使鞭，只是多了東西讓妳不習慣罷了。」法海一點都不以為意，「再一次吧！」

咦咦咦！芙拉蜜絲再度無法克制的滿臉通紅，法海怎麼這麼近！她剛剛要是角度轉大一點就會親上他耶！還在天人交戰，法海再度握住她的右手，芙拉蜜絲這下清醒了，她根本是貼著法海的耶！啊啊啊啊！

現在是想這些的時候嗎？她應該要想的是拐走孩子的人、還有那隻鬼獸跟該死的妖獸啊！

江雨晨站在一旁啞然，她看了一會兒了但是沒敢出聲，原本想告訴芙拉蜜絲她的長刀有進步一些了，卻看到這種「獨特」的景象……法海好厲害啊！

「這是在幹嘛？」身後冷不防的傳來不悅的低沉聲，鐘朝暐手持弓箭走來，擰著眉瞪向不遠處根本黏在一起的人影。

「沒、沒事。」江雨晨趕緊回身，把他往後推，「法海在教芙拉使鞭子，我們別吵她！」

「……法海教她？他會？」鐘朝暐口吻裡極度不屑，「我看他連跑一圈操場都會暈倒。」

「嘖嘖，我看不會喔！」江雨晨轉著眼珠子，「剛剛超強的，一鞭就插中可樂了。」

「哼，初學者的僥倖。」鐘朝暐看得實在怒火中燒，法海那小子根本是貼著芙拉的吧！

「我要去找芙拉——」

江雨晨長刀一橫，攔住他的去向。

「你幹嘛生氣啦？他們又沒有什麼，就算有也不是男性可以管的。」江雨晨說得很實在，「自治隊有消息嗎？關於你弟弟？」

鐘朝暐的弟弟是在南區失蹤的，據說也是鬼獸吃掉了莎拉多明哥，孩子全數失蹤。

鐘朝暐聞言倒抽一口氣，搖了搖頭，雙拳不自覺握緊，「妳呢？」

「也沒有。」江雨晨忍著淚水，「已經兩天了，我媽說大家都要往最壞的方向想。」

「進入屋子裡拐走小孩的不會是妖或鬼，一定是人！這我們都知道，屋子裡有重重戒備啊！」

真不知道該說是堺真里的直覺準確或是巧合，他覺得南區放心不下便帶人去巡邏，結果真的出事！不同的是謝媽是在自己家後院死亡，莎拉卻是在離家五分鐘距離之處出事，那處並不偏僻，只是事發時沒有人在附近。

目前找不到屍體，只留下一隻手，現場血跡斑斑，所有她看顧的孩子全部都消失了。

為什麼托育者會扔下孩子離開？去到後院或是那麼遠的地方？又是被什麼帶走的？

一個小時內，安林鎮損失了十一名孩童，全部下落不明，自治隊連屍體或是一滴血跡都沒有找到，而鬼獸可以闖過結界是一個問題，誰進屋誘拐孩子是第二個問題。

能進屋的不該是妖獸或是鬼獸，任何妖魔鬼怪都不可能，所以只有人。

是誰？為什麼要拐走孩子？

「自治隊找過瘋媽了嗎？」鐘朝暐忿忿不平的說著，「有人找過她家嗎？」

「朝暐……怎麼會想到瘋媽？」江雨晨咬了咬唇，其實她也想過。

「拜託，她最會拐人家的孩子了，怎麼知道不是她！大家一定都這麼想，為什麼不講不搜！」鐘朝暐最不能接受的就是，對付鬼獸已經疲於奔命了，連自己人都在扯後腿！「就算沒在她家，她一定藏到哪邊去了！」

「沒有證據不能亂指控，自治隊應該已經找過了吧？」江雨晨輕撫著心口，憂心忡忡，「我只是不敢相信，為什麼有人想誘拐孩子？」

「把瘋媽叫來問不就知道了！」鐘朝暐氣急敗壞的喊著，「她一個人拐走這麼多孩子，我都不知道為什麼自治隊好像護著她似的！就因為她是瘋子嗎！」

啪！鞭子冷不防的突然劈進鐘朝暐跟江雨晨中間，嚇得他們同時大叫向後退，他們驚恐的回身看向遠處的芙拉蜜絲，她收回鞭子，只是依然是法海握著她的手。

「幹什麼啊！很危險耶！」鐘朝暐怒吼出聲，他剛剛跟雨晨多近啊，刀子居然從他們中間劈來！

「很準吧。」法海鬆開了芙拉蜜絲的手，「要練到這樣，就算只有狹窄的空隙也能中。」

芙拉蜜絲蹙著眉瞪他，「很準，但是你……算了！」

她微咬著唇，法海知道她聽見鐘朝暐的言論不是很高興，所以才故意把鞭子揮過去，打斷他們的對話！

「嚇死我了……」江雨晨已經刷白臉色，看樣子都快哭出來了，「要是傷到我怎麼辦？」

「沒傷到啊。」芙拉蜜絲聳了聳肩，「法海很厲害的，他只是示範給我看……對不起啦，嚇到妳了。」

「這根本是謀殺吧！」鐘朝暐瞪著悠哉轉回躺椅上的法海，一肚子火沒處發，雙手掄拳就要走上。

「鐘朝暐。」芙拉蜜絲打橫手臂，「不要太過分喔。」

「我過分？」鐘朝暐瞪圓了眼。

「我知道你們弟妹失蹤很讓人氣憤心急，但是也不能這樣無緣無故遷怒！自治隊早就搜過瘋媽家了，她當然是第一嫌疑犯，但也還了她清白，她家沒有孩子！」芙拉蜜絲斜眼瞪著他。「既然都知道她神智不清，你專找她麻煩也沒用啊！」

「就是因為她精神異常，所以她才是最有可能誘拐走孩子——」

「找到證據再說！真里大哥說了不關瘋媽的事，事發時她在蘆田太太家附近，連陳醫生都可以作證，她就在院子外面唱歌，看著那群孩子！」

氣氛劍拔弩張，江雨晨尷尬的擠著笑容，站到他們兩人中間去，輕輕的將他們往外推；大家有各自的立場，芙拉一向同情瘋媽，而朝暐丟失了弟弟自然心急，加上……大概看見法海太過親近芙拉，所以怒上加怒吧。

「大家都丟了親人，這樣吵下去沒有幫助的。」江雨晨溫柔的勸說，「我們現在只能等，自治隊在整個鎮上搜索，只要是有人藏，就該找得到。」

「一定有人藏，太多事都是人為。」芙拉蜜絲深吸了一口氣，「鬼獸怎麼跨得過咒文的柵欄？我懷疑被破壞過了，跟上次的情況一樣……」

「上次？」江雨晨啊了一聲，「妳是說像之前陳廣圻家嗎？」

「嗯，我家也是，你們也知道所有的咒文都是要整面牆整扇門才是完整的，只要有人在一根柵欄上動手腳，就能製造出一小個缺口，鬼獸便不會被咒文所傷，要進來太容易了。」芙拉蜜絲難受的回想，「謝媽的事記得嗎？芬妮說鬼獸吞掉在尖叫時謝媽的頭，牠的頸子都可以越界，然後再抓過謝媽的屍體破壞柵欄就行了。」

鐘朝暐緊皺著眉，他其實不甚喜歡這種言論，因為這樣子想，就像要懷疑所有的人了。

「醫院也是，妖獸一碰到咒文應該就會受傷，還怎麼搶小孩？除非潘潘走到陰暗處，那時是天剛亮啊！」芙拉蜜絲早已回想過所有細節，「還有我堂姐的新生兒，神父才剛祈福過，她身上有十字架跟法器呢！」

就算要捧著走，妖獸勢必雙手盡失。

「照這樣說，拐走孩子的全部是人幹的，而且還刻意放鬼獸跟妖獸進來虐殺？」鐘朝暐嘆了口氣，「芙拉，妳知道一旦這樣想，大家就會互相猜忌……」

「你已經這樣做了。」芙拉蜜絲冷冷的望著他，「剛剛你在說瘋媽時，巴不得將她碎屍萬段，不是嗎？」

鐘朝暐羞惱的想辯解，但迎視著芙拉蜜絲的眼神卻說不出口，他本來就不可能跟芙拉吵架！

「別說朝暐了，我自己都懷疑過瘋媽，就算自治隊搜過了，還是很難放心。」江雨晨誠實的說，「畢竟她拐小孩的先例實在太多了！再者，如果真的是人，那要懷疑誰呢？好端端的，為什麼要偷別的孩子？」

「我也想知道。」芙拉蜜絲緊繃的身子略微放鬆，「背叛人類，幫助那些非人是為什麼？只要結界有漏洞，我們每個人都有危險……更何況還有一個鬼獸是孩子！」

「……」江雨晨怔怔的看著她的側臉，「什麼鬼獸是小孩？」

「就殺死謝媽的鬼獸，那是被惡鬼吃掉的法蘭克，安娜的大兒子！」芙拉蜜絲隨口解釋著，「我不知道靈魂為什麼會被融合，難道就因為那孩子肚子餓嗎？有心願未了，所以跟惡鬼結合？這還真合理，鬼獸也只知道吃啊！」

江雨晨只聽得一陣錯愕，她趕緊繞到芙拉蜜絲面前，她講了根本沒人知道的事啊！「芙拉芙拉，妳為什麼知道惡鬼吃掉了安娜的兒子？」

「因為那隻鬼獸的聲音是法蘭克的，只會說我肚子餓了，我肚子餓了，重複這句話。」

「妳聽到過？妳有跟自治隊說嗎？」鐘朝暐也狐疑的問，因為自治隊沒有公佈過安娜兒子死亡的消息，安娜母子三人目前為止還是失蹤啊。

有那麼一瞬間，芙拉蜜絲明白了眼前兩個同學的疑慮，事實上她根本不記得自己有沒有對堺真里提過相關的事情，對她而言，安娜他們已經不是生者，活著的人最重要，她在乎的是這幾天完全沒現身的妖獸、被擄走的孩子，以及她堂姐的孩子。

這些小孩在哪裡？是誰在破壞結界？哪個人居然在幫忙那些非人？

上一次有人破壞她家的門閂，他們家的木門要門上防護咒文才算完整，但是變成鬼獸的同學媽媽刻意在門閂上劃了一道刀痕，想要讓鬼獸侵入他們家，置他們於死地。

如果有人意圖要破壞，實在易如反掌！

「王宏一？」芙拉蜜絲突然想起這個名字，「王宏一的媽媽跟小乾也失蹤了對吧？」

「嗯，失蹤好久了，完全沒找到……妳為什麼突然提起他們？」江雨晨對於這兩個人實在很害怕。

王宏一是他們同班同學，個性差劣喜歡欺負弱小，意外被惡鬼吃掉後化成鬼獸，竟回學校對付找他麻煩的老師、還有曾經阻止他霸凌的人，而縱使他壞事做盡，他的母親仍然堅稱他是好孩子，一個很可怕的媽媽。

「他媽媽現在還認為是我們逼死了她兒子對吧？她兒子犯錯都是對的，我們不該對付他……」芙拉蜜絲對於他們的失蹤總是耿耿於懷，「上次破壞我家結界的就是王媽媽。」

「妳……不會認為這些事是失蹤的王媽媽做的吧？」鐘朝暐打了個寒顫，誰說不可能？

「小乾問題更大，他已經跟魑魅合體了，魑魅的個性唯恐天下不亂……陰險惡毒，也說不定是他們。」芙拉蜜絲百般擔憂。

遠遠的坐在躺椅上的少年聽得一清二楚，他嘴角挑著一抹笑，真是天真的人們，他們在討論的那兩個人都不可能，因為……早就不在了。

嘿唷，他坐起身，笑看著芙拉蜜絲的背影。

「喂，練習！」他喊著，「我才剛教完，趕快趁著手感正熱時練習！」

「啊！」芙拉蜜絲趕緊回首，對厚，剛剛揮鞭揮得正俐落呢，「我們先練習，其他再說！」

鐘朝暐明顯不爽的瞪向法海，總覺得他是故意的。

唉，江雨晨推著他回去練習，弓箭社社長還亂跑，有時間在這裡生氣，不如把怒氣都歸到箭上去，好好練習一次發三支箭都能命中目標比較有效吧！她都甘願在練習飛刀後練習新玩意兒了！

「法海。」芙拉蜜絲邊練習，還有空叫他。

「專心。」他曲膝坐著，一派閒散。

「你覺得那些孩子死了嗎？」她的鞭子沒有停，她現在只是在練習習慣重量而已。

法海幽幽的別過頭去，他不想回答這個問題。

「COME ON！你知道對吧？或者你有感覺！」芙拉蜜絲急著喊，因為法海是闇行使啊！

法海突地勾以微笑，「妳能在我身上劃出傷口，我就告訴妳！」

咦？芙拉蜜絲瞪圓了眼，在他身上劃刀？這是哪門子的賭注啊，可是——她屏氣凝神，法海真傻，她可是會認真的喔！

「那就試試看吧！」餘音未落，她將鞭子直接朝法海鞭去。

法海八風吹不動，連閃都不閃，看著鞭子在他周圍繞著，根本連根金髮都削不下來，芙拉蜜絲收鞭再抽，幾次都失之毫釐，偏偏就是碰不到法海，反而打掉了陽傘、刺中了躺椅！

江雨晨被這邊的噪音分心，轉頭一看簡直傻眼了，芙拉蜜絲在幹什麼啊，她想殺了法海嗎？

「如果是妖獸，會笑著讓妳費盡力氣，然後……」法海突然伸出手，在強而有力的鞭子往他這邊揮來之際，竟一把輕鬆抓住鞭子！

「什麼？」芙拉蜜絲嚇了一跳，她意圖收回鞭子，怎知法海不但握得死緊，而且下一刻他竟一骨碌起身，以手肘勾起她的鞭子，飛快地將她往身前拖。

好大的力氣！芙拉蜜絲驚覺到完全煞不住，她的腳根本就在沙地上被直直拖著，怎麼可能……法海不僅力氣大，動作又如此俐落，她無論如何都沒辦法——法海摟過了她的腰際，她已經在他跟前了。

「妳應該要拔刀的。」他挑了挑眉，輕笑出聲。

「我……」咦？芙拉蜜絲一愣，「我是、我是應該要拔刀……」

如果對方是妖獸她一定拔！但是對方是法海嘛，她怎麼可能拿刀子刺進去咧！

「小乾跟王媽媽已經不在了。」法海突然附耳低語，「妳要考慮的不是不存在的人……」

——咦——芙拉蜜絲圓睜雙眼，不可思議的看向法海，已經不在了？

「你能告訴我……潘潘他們還活著嗎？」芙拉蜜絲哀求般的看著法海，「不單指潘潘，就是孩子們……我感受不到。」

「我也是。」法海笑著，「我看不到相關的靈體在任何地方遊蕩。」

芙拉蜜絲眨了眨眼，看不到靈體……是不是就表示孩子們還活著呢？她喜出望外的綻開笑顏，這一定是法海的暗示！

「拐走孩子的絕對是人類！我知道……」芙拉蜜絲雙眼熠熠有光，「我會找到他的！」

法海將她扶穩，鬆開了繞著的鞭子，「想怎麼找？懷疑所有人是很辛苦的事。」

「總比不懷疑好。」芙拉蜜絲堅定的說著，「既然是人就會露出蛛絲馬跡的，我有信心。」

「加油。」法海淡淡說著，回身去收拾被刺得亂七八糟的東西。「喂，妳是不是應該賠我啊！」

「安娜叫我找到那個男孩，堺真里大哥也找過了，沒有一個金髮男孩在安娜失蹤當日流連附近。」芙拉蜜絲跟上前，「但是我前兩天在校門口外，看見另一個金髮男孩了。」

背對著她的法海沉下雙眸，淡淡應了聲，「嗯。是嗎？」

「不介紹給我嗎？」芙拉蜜絲一字一字的說著，法海拾撿起書本的手變得緩慢。好一會兒，他才回過身子，依然帶著淺笑望著她，「妳說什麼？」

「絲質襯衫，一樣的穿搭品味，我們這裡沒有人會穿那種衣服。」芙拉蜜絲肯定的瞅著他，「你弟弟？」

該死！法海握著書的手指泛白，那混帳竟然偷偷跑到鎮上看芙拉蜜絲？

「我不懂妳在說什麼。」他別過了頭，「我要回家了。」

「法海！」芙拉蜜絲立即拉住他，「為什麼不能說？你弟弟一定看到什麼了！」

法海沉吟數秒後總算再度回首，拽著她到更偏僻的地方去。

「他看到什麼不重要，因為安娜他們已經死了，妳知我知，那孩子什麼都沒看見。」他用警告的口吻說著，「我不希望妳跟任何人說他的事情，我正……盡量保護那個孩子。」

「他真的什麼都沒看見？那為什麼安娜要我找他？」芙拉蜜絲皺起眉，「我懂你想保護弟弟的心態，可是——」

「不需要他，妳也能找到答案的。」法海打斷她的話，「芙拉蜜絲，妳明明什麼都知道！」

芙拉蜜絲驚異的看著他，「我知道什麼？我什麼都不——」

「妳只是沒有仔細看而已。」法海倏地鬆開她的手，並將她向後推，「用心看，用點腦子，不要只會衝。」

他冷漠的回過身子，逕自離開了練習場。

她明明什麼都知道的？這什麼話啊，她要知道還會在這裡嗎？早就衝出去救人了——她看到什麼啦！

他老覺得有人在。

張先生站在雜草叢生的一間三樓小木屋門口，門口的物品有點紊亂，因為無人整理，這是王家，自從王宏一變成鬼獸大開殺戒，又被闇行使解決後，最疼愛他的媽媽就失蹤了……這一屋子成了廢墟。

王太太就這一個孩子，自然溺愛有加，也因為這樣害死了不少人。

他一直覺得這是廢屋了，早晚會被拆掉……除非王太太回來，只是，他最近偶爾發現，屋裡的燈會發亮。

偷偷的過來看，也留意到裡面有聲音，以及門把上沒有灰塵，樓梯也被掃過，看來有人出入的樣子。

是王太太回來了嗎？他這樣想著，但為什麼不打招呼呢？

旋過身子，他家住在巷口，這條巷子是道彎弧，所以可以輕易看見對面，落在中段後頭的王家；之前也是不經意在晚上看見亮燈的，通常門窗緊閉，木條板也會遮住窗戶，誰會看到夜景啊，就是不小心而已。

往家的方向走，他想著該不該叫自治隊來看看？還是說……

「張先生！」後頭有人叫喚，他停下腳步。

「……陳醫生！」他雙眼一亮，「您怎麼在這裡！」

「我才要問您呢！我剛看見您站在王家門口，怎麼了嗎？」陳靖樺微笑問著。

「咦？妳怎麼知道？」他有些錯愕，剛剛這條巷子都沒人啊！

「呵，我在裡面啊！」陳靖樺笑了起來，「我剛在裡面整理，看見你站在外頭好一會兒！」

「妳在——裡面？是妳啊？」張先生一陣愕然，「所以門口是妳掃的？門也是妳開的？」

陳靖樺困惑的點點頭，表明了她的來意，順便問問張先生有沒有看過王太太回來的跡象。

「半夜？」陳靖樺聽了張先生的說詞後，立即臉色蒼白，「我、我又不住那邊，我晚上不可能去啊！」

「那妳、妳有到閣樓看過嗎？我看見閣樓亮著燈！」張先生有些好奇。

「沒沒沒，我只在一樓，我不會亂闖別人家……天！你嚇到我了！」陳靖樺緊擰眉心，揪著衣服，「你確定晚上看見屋裡有人？」

「燈亮了啊！」張先生舉手發誓，「我真的看見了！」

陳靖樺緊閉上眼，搓了搓手臂，微微顫抖著，「你跟自治隊說了沒？」

「還沒，我還在想這要說嗎？」張先生關切的看著臉色發白的陳靖樺，「妳也覺得要說對吧？」

「嗯！」陳靖樺用力點頭，「你晚上再偷偷看一次，確定的話，我覺得明天一早就去找自治隊！」

張先生得到支持，也深表同意，「醫生，妳就別再去了比較好！」

「噢天，你都這樣說了我怎麼還敢去！」陳靖樺咬著唇，撫著胸口，「我現在覺得頭皮發麻，腳都軟了。」

「欸欸，對不住！」張先生連忙攙住她，「喝杯水，這就我家，我倒杯熱茶給妳！」

陳靖樺原本想婉拒，但身子抖個不停，最後只有道謝了。

高處的閣樓，有雙眼睛看著陳靖樺進入張家，黑夜裡磨刀聲霍霍，窗邊一閃而逝的，是黃光。

六個小時後，淒厲的慘叫響徹雲霄，來自夜襲，張先生被扔進壁爐烤熟時，還沒有機會報告自治隊。

第七章

深冬，天色暗得越來越快，四點半左右，學校便廣播要求學生即刻停止所有課後活動，立刻返家；芙拉蜜絲拆下鞭子尾端的刀子，她好不容易抓到訣竅，雖然不能像法海一樣刺中目標，但是已經算很靠近了……勉強。

原本都能再練到五點的，她顯得有點失望；江雨晨在前頭等她，她身上已經佩上長刀，她爸媽買給她的，雖然不是多好的刀具，但歷經上次九死一生，雨晨的父母願意支持她多練習一些防身技能。

「昨天的事聽說了嗎？」鐘朝暐朝著她們走來，「有戶人家一家六口全部被殺死。」

「鐘聲這麼大誰不知道？聽說慘叫聲持續好幾分鐘，是隔壁人家按警鈴的。」江雨晨邊說邊發抖，「晚上耶，怎麼會有非人可以在晚上進屋殺人？」

「我爸說是妖獸，因為孩子被吃掉，大人被撕成好幾塊。」鐘朝暐相當不安，「屋主好像死得很慘，聽說被扔進壁爐裡，聽說自治隊去得很快，還是沒抓到妖獸。」

「煩，沒一天安寧！」芙拉蜜絲抱怨著，「妖獸如果真的在鎮上，為什麼會找不到啊！」

「我只知道現在風聲鶴唳，學校提早放學，校門口擠了一堆家長，都是來接我們回家的。」江雨晨有些無奈，「快走吧，等等老師又要催了！」

「我們？都幾歲了還要接？又不是孩子。」芙拉蜜絲挑了眉，「有聽說出什麼事嗎？」

鐘朝暐搖搖頭，他也是一直在學校裡練習，只是覺得氣氛很怪；江雨晨只要聽聞不幸的消息就會不安，等他們到了大門口，發現人滿為患，真的很多家長都來接孩子回家，即使他們都是高中生也一樣。

「現在還是白天耶！」江雨晨覺得好吃驚，「有這麼誇張嗎？走到家裡的路上會出事嗎？」

「真是太詭異了！」連鐘朝暐都目瞪口呆，「……爸！」

鐘朝暐的父親就在校門口等他，這的確很令人吃驚，鐘朝暐體格精實，又是弓箭神射手，近身搏擊也不差，這樣子還要來接送嗎？

「伯父好！」芙拉蜜絲抓準機會，拉著江雨晨三步併作兩步跑過去。

「啊，芙拉跟雨晨啊，妳們也快回家吧！」鐘朝暐的父親轉向後方，「我剛看到妳們的爸媽也來了。」

「哈哈，真的假的，我爸媽怎麼會……」芙拉蜜絲哈哈笑著，突然看見走上前的男人，笑容即刻僵住。「爸？」

江雨晨的母親也來接她了，芙拉蜜絲瞠目結舌，幾乎每個人都有父母來接，到底發生什麼事了。

「太扯了，我不需要接送啊！」芙拉蜜絲嚷著，「學校到家裡這半小時路都在中心鬧區，又不是荒郊野外……不必擔心我啊！」

「我不是擔心妳出事。」父親倒是從容，「我是怕妳忘記禁足這件事。」

呃……芙拉蜜絲轉了轉眼珠子，真是知女莫若父，她的確想趁著回家前、天黑前再去轉轉的。

「好吧！發生什麼事了，大家這麼恐慌？」這氣氛太詭異了。

「又有孩子失蹤了。」父親語重心長，「現在的孩子都集中在蘆田太太那邊，她連放孩子在院子裡玩都會出事。」

「有誰離開院子嗎？」芙拉蜜絲詫異的問著，「都在院子裡，如果看著的話不會有事吧？要帶走也不容易啊。」

「是啊，但是總有閃神的時候，不可能每一分每一秒都看著。」父親搖了搖頭，「有孩子不舒服，陳醫生過來看顧時，蘆田太太跟著進屋，就一分鐘時間有人抱走了孩子。」

「誰？」芙拉蜜絲激動的問著，蘆田太太的居所不算偏僻，就算院子在後頭，應該還是有人看見的！

父親輕瞄她一眼，「這不是我們該在乎的事。」

「爸！怎麼能不在乎，如果找到是誰，就可以知道是誰帶走潘潘跟小嬰兒的！」芙拉蜜絲緊握飽拳，「一定是有人把孩子拐走的！」

「妳怎麼知道是人？丟孩子的各家都有心理準備了，只怕孩子是被妖獸或鬼獸擄走吃掉了。」這個世代，大家都有心理準備。

「是人！結界無法讓非人這麼輕易出入，還有，感覺也不對！」芙拉蜜絲認真的仰首看著父親，「我在醫院地下室見過，那個抱走小嬰兒的絕對是人類！」

父親緩緩的轉了過來，嚴厲的看著她，芙拉蜜絲這一刻才驚覺到自己說溜了嘴，她明明不該說自己出現在地下室一事的！

「感覺？妳懂什麼是感覺？」父親慍怒的緊皺眉心，一把將她扯近身前，「妳居然隻身進入醫院地下室？妳到底在搞什麼鬼？」

「我、我當時是不得已的，我看見——」

「藉口！」父親低吼，「我不許妳再任意涉險！芙拉蜜絲，妳非要我每天接送妳上下學，天天盯著妳不放嗎？」

芙拉蜜絲顫顫的搖搖頭，她並不希望這樣讓父母擔心，可是、可是……「那是堂姐的孩子啊，這不叫多管閒事吧？」

「我們只要管自己的事就好了。」父親凌厲的鎖住她的雙眸，「不管幾個潘潘，都抵不過一個妳，妳懂嗎？」

孩子被誘拐很可憐、被殺掉也很悲慘，被吃掉卻是司空見慣，人類要面對的威脅與死亡已經夠多了，能守護的只有自己跟深愛的家人們，對於其他人，根本愛莫能助！

對他而言，芙拉蜜絲比別的孩子重要，這是天經地義的事！

「爸……」她抿著唇，知道讓父親擔心了，「對不起。」

「我只要妳好好活著，健健康康的，不要再去找什麼鬼獸，不要去招惹非人，連靈魂都不要交談。」父親沉重的說著，「妳弟弟的事，我們都禁不起第二次。」

大弟……放學後跟朋友去玩，就此失蹤，同學說明明大家已經道別，他卻說有個地方想去看看，然後就沒有再回來；再次看見他時，已經是死屍一具。

「我懂了。」芙拉蜜絲點點頭，上一次鬼門關來回，也讓父親氣急了、擔憂急了。

她的確不該如此讓父母憂心，而且她還有四個弟妹要照顧，做這樣莽撞衝動的壞榜樣，實屬不妥；父親鬆開了她的手，沉默瀰漫，父女倆肩並著肩回家，雲層甚厚，天色昏暗，這兩天氣溫更低，上個月才下過初雪，恐怕更大的風雪要來了。

「就是她——是她把孩子帶走的！」尖銳的叫聲自前方傳來，芙拉蜜絲抬首才留意到，鎮中間的廣場上，竟然團團圍了一堆人。

她想往前，父親手一握，將她往外圍拽。「咦？爸……」

「不關我們的事，我們繞過去。」父親低沉的說。

「可是……」芙拉蜜絲引頸張望，圍了這麼多人，連自治隊的人都在外頭，一定是大事啊！

「走。」父親硬拉著她，得繞過這一大圈人群才能回到主要幹道上。

「有孩子親眼看到是瘋媽抱走孩子的！」蘆田太太直指著趴跪在地上的瘋媽嚷著，「她趁我進去照顧孩子時，把兩個孩子直接帶走。」

「我的孩子呢？妳這瘋女人！把我孩子帶到哪裡去了！」孩子失蹤的父母們紛紛湧上前，拽起瘋媽又吼又打的。

堺真里帶著一個小組進去拉開人，盡可能護住瘋媽，她驚恐趴在地上，全身上下都是傷，在此之前就不知被打幾輪了，還被拖到這裡來公審。

「堺真里，你幹嘛護著她！」鎮民不爽的指著他的鼻子罵。

「打她也沒用，大家冷靜一點！」堺真里厲聲吼著，「並沒有百分之百的證據證實是瘋媽擄走孩子的！」

「誰說沒有！」蘆田太太立刻上前，「你去問我顧著的孩子，大家都看見了！就是她越過圍籬過來偷走孩子的！」

「他——們——」堺真里揚聲，雙手舉起示意大家安靜，「是看見一個身披斗篷的人抱走孩子，沒有人看到臉！披著斗篷誰都不能確定是她！」

斗篷？芙拉蜜絲聽見了，在地下室裡的人也是披著斗篷！她被父親拖著在人群中走，不停喊著借過，她則死命抵抗，一直想往中心去。

「孩子說是灰綠色的斗篷！」有媽媽失聲喊著，「那就是瘋媽平常披著的！」

堺真里還沒開口，一個粗壯的男人即刻上前，扔下一條破敗的灰綠斗篷在地，揚起塵土，逼得他輕咳數聲。

「這是我在她家找到的！」男人吼著說，「你還想袒護？」

「我不是袒護她！只是我們還有法律，不能任意定一個人的罪！」堺真里嘆著氣，「我知道大家心都很急，想找回自己的孩子，可是我們已經把瘋媽能去的地方來來回回都找過了，就是沒有孩子，也沒有她藏過孩子的跡象！」

「她藏到別的地方去了！叫她說！」

「打她，打到她說為止……不然用刑啊，就不信用刑她不說！」

你一言我一語，芙拉蜜絲不可思議的聽著什麼可怕的方法都出籠了，鞭打、割肉、拔指甲，還有人說淹死她，不管哪項，只要酷刑之下，瘋媽什麼都會講。

她知道失去孩子的人有多痛，但是、但是用這樣的方法對嗎？感受到父親不再拖拉著她，似乎也為包圍著他們的聲音所震驚了。

「帶回去！」堺真里感受得到人們即將失控，叫小隊將瘋媽帶走。

「不許走！」所有人迅速圍成人牆，擋住去路，這逼得在人群中穿梭的芙拉蜜絲父女倆也被推擠往前，夾在人牆之中。「今天瘋媽不給交代，就不許離開這裡！」

殺氣……芙拉蜜絲感覺得到有殘忍的氣息誕生了，衍生在這人群之中，某個痛心的爸爸，或是某個悲傷的媽媽，他們既忿怒又悲傷，然後這種心情化為利刃，真心想殺死某個人。

「她自從死了孩子後就一直在偷別人的小孩，這不是第一次了。」蘆田太太緩步上前，

「這鎮上除了她之外，沒有人會幹這種事啊！她一定是找到地方藏孩子了！」

堺真里不可思議的轉頭看向她，「蘆田太太，沒有什麼事是一定的！任何人也都能拿條灰綠色的斗篷，披上去就能搶孩子，沒有看到臉，就不能肯定啊！妳不能這樣就認定是她！」

「這不是我認定啊，大家都認為啊！」蘆田太太仰起頭，對著所有失去孩子的父母喊著，「你們說對不對！這幾天她都鬼鬼祟祟的往北方去，一定是把孩子藏在那裡了！」

「對！她光拐我的孩子就四次了，我每個孩子都被她偷過！」一個女人站出來大吼，「像她這種不正常的人本來就不該留，誰知道她哪天會做出什麼事！就像現在！」

「我孩子才兩歲，什麼都不懂，她哪有辦法照顧？現在天氣又這麼冷……」另一個媽媽哭得聲淚俱下，「我孩子要是出事怎麼辦！」

「是啊！堺隊長！」蘆田太太立刻看向堺真里，「孩子在我這邊不見的我也很難過，但是既然已經找到疑犯，你要做的應該是逼問她啊！」

沒有理智，這些人已經失去理智了！堺真里迅速在心中做了決斷，再次舉起手，示意大家靜下來。

「好，我會帶她回去問話，問出她這幾日的行蹤。」堺真里環顧四周，「但是話說在前頭，如果不是她做的，我不會隨便去冤枉人。」

彈指，組員將瘋媽攙起，她飽受驚嚇的語無倫次，抱著頭不停喃喃自語；只是話說到這裡，人牆還是沒有要散去的意思。

「各位。」堺真里深吸了一口氣，「天快黑了，讓我帶她回去。」

沒有人動。所有人怒目瞪視著瘋媽，彷彿必須要當眾對她施以酷刑，聽見她說出孩子的下落，大家才甘願。

芙拉蜜絲緊繃著身子，就算是瘋媽，她也覺得這一切太超過了！肩膀一動就想衝出去，怎耐父親大掌壓制，硬將她拖了回來！

「夠了，夠了吧！」另一個聲音自對面傳來，一個嬌小的女人從人群中鑽出，「你們這樣對待一個精神不正常的人，未免太不公平了！」

陳靖樺從人群中走出，趕忙跑到瘋媽身邊，大家一見到是醫生，怒氣跟緊繃值頓時降下許多。

「醫生，她擄走孩子啊！我家小寶也是妳接生的啊！妳記得嗎……」

「隊長不是說了，不能百分之百確認，我們要自治隊做什麼？要法律做什麼，就是為了這種情況，不能說大家公審就公審。」陳靖樺義正詞嚴，「我當然知道大家都很痛苦，我也是，如果不是我讓蘆田太太找東西，她也不必進屋，歹徒就無機可乘，如果要論錯，那我、蘆田太太都有錯！」

蘆田太太抿唇別過頭去，冷哼一聲，她並不覺得自己有錯。

「醫生……」瘋媽被陳靖樺攙著，她茫然的雙眼望著她，一臉可憐樣。「醫生醫生……孩子會被吃掉！孩子會被吃掉！」

什麼？陳靖樺瞪大眼，「瘋媽？妳說什麼？」

「啊啊啊……孩子會被吃掉！」瘋媽激動的揪住陳靖樺的衣服，「可怕的怪物要吃孩子，牠們要吃掉孩子！」

唉，堺真里頭疼起來，瘋媽此話一出，現場無不暴動起來，誰聽見自己的孩子會被吃掉還能平心靜氣！

自治隊立刻圍成人牆阻擋暴怒的群眾，芙拉蜜絲趁機鬆手直往前鑽，父親在後頭低吼著，來不及拉住她。

「大家——冷——靜——」芙拉蜜絲莫名其妙的衝出人群，直滑到堺真里身邊。

堺真里狠狠倒抽一口氣，一把拉起她的手，「妳來幹嘛？」

「天快黑了！」她指向天空，「最多再四十分，太陽就要下山了，大家再這樣爭吵是沒有意義的！」

所有人看向天色，現在真的離天黑時可近了，這讓大家開始浮躁起來，既不想就這樣放過瘋媽，但是又擔心夜色降臨。

「我也覺得這樣認定是瘋媽未免太武斷了，憑什麼就用一條斗篷認定是她？而且為什麼她家就要被搜好幾十次，你們家都不必被搜？」芙拉蜜絲原地轉著圈，毫不畏懼的望著每個人，「既然大家已經認定擄走孩子的是『人』，那麼每個人都有嫌疑！」

「什麼？」一起鬨聲此起彼落，大家不敢相信這女孩在說什麼！

「本來就是，只有人類才有辦法做這些事，進屋偷孩子，越過結界，甚至進入醫院！」芙拉蜜絲氣勢如虹，壓過現場的鼓譟，「我建議自治隊家家戶戶都搜，我家自願第一個，證實誰都沒藏匿任何孩子！」

所有人靜了下來，大家面面相覷，有人唸著荒唐，有人叫她滾出去，但是吳棻棻緊緊握著十字架，舉起了手。

「我也願意被搜查。」她平靜的說著。

堂姐！芙拉蜜絲望著吳棻棻，她淒楚的笑著，身邊的寸得堯緊摟著她，朝著芙拉蜜絲肯定的點頭。

接二連三，所有丟失孩子的父母也開始自願，芙拉蜜絲其實說得沒錯，能把孩子拐走的應該只有人類，非人早就把孩子生吞活剝了，擄走做什麼？急欲嗜血的牠們沒有等待的癖好。

「大哥，事不宜遲，動員所有小組，搜查應該很快。」芙拉蜜絲朝著堺真里點頭。

「妳有夠亂來。」堺真里嘆了口氣，吆喝著小組開始搜查，剩沒多少時間，速度要快。

芙拉蜜絲走到瘋媽身邊，陳靖樺正將她扶站而起，芙拉蜜絲拾起斗篷交給瘋媽，她還是得進自治隊一趟。

「陳醫生，妳好勇敢。」芙拉蜜絲越來越欽佩她了，

「我只是述說事實，其他人也不能責怪，他們只是太愛孩子了。」陳靖樺垂下雙眸，「我擔心的是後面，瘋媽的日子不會太好過。」

芙拉蜜絲將瘋媽轉了過來，光是看著她的雙眼，就知道她真的不正常，「瘋媽，老實說，孩子是不是妳帶走的？」

「會被吃掉啊，他們會被吃掉的！」瘋媽激動的說著，箝住芙拉蜜絲的雙臂，「妳找到那孩子了沒？漂亮的男孩住在哪裡啊？」

「妳說的是那個金髮男孩嗎？」芙拉蜜絲雙眼一亮。

只是才想問下去，她突然一驚，看著爸爸怒容滿面的走來，一把將她拖離！

自治隊員上前帶走瘋媽，陳靖樺很快地被其他人包圍住詢問問題，芙拉蜜絲被半拖半拉的離他們越來越遠。

「爸！」她嚷著。

「妳還敢說話！」父親咆哮著，「我才剛跟妳說的話妳轉頭就忘了！」

「我又沒做什麼危險的事。」她氣急敗壞的喊著，「我只是提個建議，沒動手沒去找危險啊！」

「還敢說沒有？妳剛剛就是把自己置於危險之中！」父親停下腳步，怒氣沖沖的瞪著她，「妳到底有沒有搞清楚，妳剛剛這樣衝出去有多危險！」

「危險？那邊沒有妖獸也沒有鬼獸啊！」芙拉蜜絲才覺得不可思議，「我只是去說句公道話，不讓他們隨便誣賴瘋媽！」

「妳真的以為鬼獸很危險嗎？妖獸很駭人？」父親搖了搖頭，「剛剛包圍著妳的，是一群失去理智，被忿怒包圍的人們啊！」

咦？芙拉蜜絲一怔，爸爸的意思難道是……

「如果不是真里在，說不定剛剛他們就集體把瘋媽打死了，如果剛剛稍有一點狀況，出去說話的妳就被石頭扔死也有可能。」父親攫住她的雙肩，「妳永遠要搞清楚，最危險最恐怖的，是人！」

什麼妖魔鬼怪、獸類非人，不管牠們多殘忍多嗜血，都是有跡可循的。

唯有人類，前一刻能對你擁抱，下一秒也能一刀殺死你！

芙拉蜜絲回家後被罰站兩個小時，父親沒有再多訓其他，只是罰她面壁思過；弟妹們也不太知道發生什麼事，只知道大姐姐做錯事了，所以得受到處罰，但這已經司空見慣了。

罰完後就要幫忙準備晚餐，媽媽一個字都沒說，想是爸爸已經都說過了，飯桌上的氣氛異常沉悶，芙拉蜜絲有些食不下嚥，瘋媽的話一直迴盪在她腦子裡，關於孩子會被吃掉這件事。

妖獸的平靜令人厭惡，之前明明就能在佛號之徑跟著她走，卻不知道潛伏在哪兒，然後就殺掉張家人？這兩天卻又沒有動作，自治隊完全找不到蹤跡。她知道下午不見的兩個孩子不是牠擄走的，因為那尾巴斗篷藏不住。

妖獸究竟在哪裡？堺真里說遍尋不著，只能發出公告並且加強防禦；但是整個鎮上都籠罩著丟子陰影，太多人的孩子被擄走，大家這一次會存有小小的希望，正是因為擄走孩子的應該是人，而不是妖鬼之屬。

她知道自己不該再去思考這些事情，但是……大家真的要這麼自私嗎？雖然他們家沒有任何一個孩子丟失，可是堂姐她哭得雙眼都腫了，萬分期待的小生命才剛生出來就不見了，可愛的潘潘也同時被拐走，一口氣失去兩個小孩，怎麼承受得了？

她是堂姐啊，是爸爸哥哥的女兒，這不算是親人嗎？

芙拉蜜絲洗著一個又一個碗盤，母親則在旁擦乾，她瞥了母親沉靜的側臉一眼，回頭偷看父親在哪兒，應該是在客廳或是三樓房間。

「怎麼？」媽媽主動開口了，「今天的事是妳錯，妳爸都跟我說了，妳應該要直接跟爸爸回來的。」

「我沒辦法坐視不管。」芙拉蜜絲皺起眉，「媽，我們一定得這麼事不關己嗎？被拐走孩子的是我的堂姐啊，妳都這麼用心幫堂姐做月子了，我們應該就是一家人……」

「我們是一家人，但那是總體來說。」母親抬首篤定的望著她，「但是真正珍貴的，是住在這個屋簷下的我們，這七個人。」

芙拉蜜絲關上水龍頭，「這樣不會太自私嗎？只想著自己，只周全自己一家……」

「因為要周全我們一家就已經很辛苦了。」母親聲音重了些，「妳比誰都知道現在生存有多艱辛，就是現在，說不定就有一隻鬼獸從我們家門口經過，覬覦著每個人的血肉！就算白天，也有可能跟謝媽一樣在自己的後院被咬死，或是像你們學校的學生，在體育室搬東西也會出事！」

「這我都知道！我只是覺得……在能力範圍內，幫助別人沒有損失啊！」芙拉蜜絲咬著唇，「像今天下午，大家都在誣賴瘋媽，這種事是不對的！」

「什麼事都要爭個對爭個理，妳什麼事都要仗義，妳有幾條命可以活？」母親嚴聲厲語的甩下抹布，「上一次，妳為什麼會進了鬼獸之門？被鬼獸封在結界裡差點死於非命？就是因為妳想要多管閒事！」

「因為王宏一他變成鬼獸後還存有意識，他在濫殺耶，怎麼能坐視讓他持續屠殺，我們每個人都無法上學也都有危險！」芙拉蜜絲不平的嚷著，「而且他也針對我啊，他說喜歡我……吃我。」

「鬼獸就鬼獸，不要幫牠們取名字！人在被惡鬼吃掉時就已經不在了，那個鬼獸不等於那個人！」母親突然不耐煩的嚷著，「就算如此，也不該是妳擅自跑去學校，半夜溜出去……這些都是自治隊的事！」

芙拉蜜絲緊閉上雙眼覺得委屈，若非如此，事情也不會這麼快落幕不是嗎？更何況王宏一是有針對性的，找上她也是早晚的事……還有，媽媽怎麼不說王媽媽破壞他們家門門的事，這股氣誰嚥得下啊！

「我只是覺得我或許可以做些舉手之勞的事，就能幫助到——」

「不需要！自保已經很辛苦了！」溫柔的母親難得如此疾言厲色，「妳知道我們就只有疏忽一次——就失去妳弟弟了！」

我跟弟弟不一樣！到喉頭的話她嚥了下去，大弟的事是他們心裡的痛，弟妹們當時都還小並不熟悉，可是對於爸媽跟她而言，都是一輩子抛不去的陰影。

她不能再如此傷害爸媽，所以芙拉蜜絲選擇深呼吸，必須停止這個話題，停止讓爸媽傷心。

「對不起……」良久，她只能吐出這幾個字。

母親抬起頭，望著她的雙眼裡淚眼汪汪，上前緊緊的抱住她，什麼都不必說，芙拉蜜絲可以感覺得到媽媽在顫抖。

樓梯出現緩慢而輕悄的足音，芙拉蜜絲看著爸爸下樓站在樓梯口，也正是廚房門口凝視著她們，他什麼也沒說，只是輕輕笑著，向面對著他的芙拉蜜絲頷首。

芙拉蜜絲回擁著媽媽，爸媽擔憂的一切她都明白，害怕的、想避免的事她知之甚詳——但是，為什麼他們不跟她一樣，希望手刃每個想威脅他們的怪物，用另一種形式為大弟報仇呢？

第八章

這是個難以入眠的夜晚，芙拉蜜絲翻來覆去始終睡不著，她想著今日的衝突，也想到今天法海跟她說的話：她明明都看見了。

她遺漏了什麼嗎？芙拉蜜絲百思不解，她起床打開書桌燈，無聊的畫著那晚所見的妖獸，思考著從安娜死亡後每個環節：安娜跟兩個孩子死在萬人林裡，金髮小男孩是目擊者，但是根本不知道他是誰；接著妖獸出現在鎮上，夜裡尾隨著她，連安娜的靈魂也跟她回家；然後堂姐生了個女孩，不到一小時女嬰跟潘潘宣告失蹤，接下來就是一連串的孩童失蹤誘拐，還有戶人家在夜裡死於非命。

芙拉蜜絲用鉛筆畫出了那隻妖獸，在旁邊大大的寫了「人禍」，旁邊再寫上瘋媽。

謝媽死前，目擊的小女孩說有人叫謝媽出去，說後院有走失的孩子，走失的是誰？又是誰叫謝媽出去的？小女孩不會分辨，什麼都不懂。

她覺得很多事都是同一個人做的，不是鬼獸，那隻鬼獸裡嵌著一個七歲的男孩的靈魂，只會喊肚子餓，是男孩的聲音，不是「阿姨」。

芙拉蜜絲趴在桌上，手上拿著法海給她的紙卡，上面是一串咒語，怎麼最近大家都要她背這些咒語呢？多背總是多有好處，她不會拒絕啦，只是要短時間記熟有點難。

唉，法海為什麼都不說呢？他明明是闇行使對吧？卻不願意幫助大家……爸媽也不願意，人人都想要自保，這沒有錯，可是……唉，可是如果大家都這麼想，那世界不就只有更糟了？

像陳靖樺說的，生為人就像個詛咒一樣，降臨於世間的那瞬間起，就要面臨被殺或被吃掉的命運，為求生存而奮戰。

都這麼辛苦了，大家可以互助那該多好？闇行使可以幫幫普通人那該多好？我們可以回到五百年前的社會去，安居樂業，沒有威脅，沒有——

啪……啪嘰……書桌燈閃爍了兩下，暗去的時間有些長，芙拉蜜絲狐疑蹙眉，緩緩坐直身子。

她看著自己才剛換沒多久的燈管，這種狀況有點熟悉，她的鞭子放在床邊，現在伸手去拿搆不著；所以她從筆筒裡抽出小刀，不動聲色的打開抽屜，她記得之前擺過一支圓錐。

坐在書桌前，眼尾瞥著右方沉睡中的弟妹，感受著整個空氣的密度與溫度……「什麼人？」

咿……半掩的房門輕輕打開，像是有人推開一樣，門緩緩的被推著，芙拉蜜絲轉過半個身，凝視著那扇門。

空氣變冷了，芙拉蜜絲看著橫在桌上的手，寒毛一根根直豎，她知道有什麼東西進來了，雙手緊緊握著武器，屏氣凝神。

喀啦，還在看著門的她耳邊突然傳來筆桶的聲響，她驚恐的回首，看見一支筆被抽了起來——在她身邊！

說時遲那時快，她腳下椅子倏地被人踢開，芙拉蜜絲趕緊一骨碌跳起，一股冰冷罩上她的頸子，她來不及開口，整個人被狠狠的往牆上推去，砰！

喝——芙拉蜜絲倒抽一口氣，這是她及時能吸到的氧氣，因為有股寒冰般的東西箝住她的頸子，只是她什麼都看不見！手上握著的武器居然無用武之地，因為她根本動不了。

喀啦喀啦，筆桶裡的東西在晃動，緊接著砰的倒下，筆落了一桌，芙拉蜜絲擰著眉看著一支筆騰空飛起，彷彿被人拿住一般，開始在她畫有妖獸的那張紙上寫字。

她看不見，因為動彈不得，手連舉都舉不起來，怎麼會有這麼誇張的事！這是她家，她在自己的房間裡被襲擊？

筆在紙上沙沙作響，緊接著沙嚓的紙張飛起，飄到了她面前。

——去找那男孩了沒？

芙拉蜜絲瞪圓了眼，安娜？安娜還在她房間裡？

沒辦法出聲，下一刻一股力道掐著她頸子高舉起身子，她想要掙扎之際，那力道陡然一鬆，她整個人被摔上了地！

砰！臉部一陣劇痛，芙拉蜜絲疼得倒上了地。

天……她吃力的睜開雙眼，看見的是圍著她的一群小蘿蔔頭，眨巴眨巴的望著她。

咦？越過妹妹們的頭頂，她看見的是被扳起的木條百葉窗，還有從窗外透進來的光——天亮了？

「姐姐，妳幹嘛不在床上睡啊？」

「芙拉姐姐，妳怎麼睡到從椅子上摔下來啊？」

「姐姐妳有流口水嗎？」

「姐姐妳功課有這麼多嗎？這兩天不是放假嗎？」

咦咦咦？芙拉蜜絲趕緊坐起，撫著發疼的臉頰，發現她根本是趴在書桌上睡著了，椅子現在向後倒在床頭邊，一定是她做夢太激動身子挪後，反而從椅子上滑下來，唉……頭才會撞上書桌又掉下來。

回頭看著趴在地上的四個小鬼，哎唷，真是丟臉死了，堂堂大姐威風都沒了！

「煩死了！起床了還不去梳洗！」她嚷著。

「早就洗好了，媽媽要我叫妳準備吃早餐！」小妹咯咯笑著，「姐姐忘記起床做早餐囉，媽媽說午餐妳要煮喔！」

「啊！」芙拉蜜絲啊了好大聲，趕緊跳起來，都八點了，她睡過頭了啦！「好啦好啦，都先下去吃早餐！」

趕著弟妹們下去，她趕緊先到房間外頭的浴室刷牙洗臉，剛剛那都是夢嗎？安娜留言給她，問她去找那男孩沒？拜託，她就在校門口看過他一眼，去哪裡找啊？

法海嗎？她連他住在哪裡都不知道……抹了把臉，芙拉蜜絲突然想起，瘋媽說過的吧，那男孩看見了。

男孩住在萬人林裡嗎？在自治隊封鎖那邊，妖獸離開後，她就沒有想過要再去萬人林裡了！

她看著鏡子裡的自己，應該要去那邊一趟是嗎？

「安娜，妳是這個意思……嗎？」芙拉蜜絲對著鏡裡的自己問著，卻看見頸子上淺淺的勒痕。

她瞪圓雙眼，立刻甩下毛巾，飛奔回房間，還沒靠近書桌就看見散落一桌的筆，倒下的筆筒……紙呢？她剛剛跌落時把紙也帶下來了，芙拉蜜絲慌亂的將每張紙給撿起，一張張反覆的看著……

——去找那男孩了沒？

找到了。坐在地上的芙拉蜜絲環顧四周，昨晚是安娜託夢給她的，安娜要她回去萬人林！

捏緊手上的紙，她望著壁上電話，沉默了幾秒後，選擇打電話給她最要好的朋友們。

數分鐘後，她一如往常的下樓吃早餐，弟妹們果然正在笑話她睡在桌上又摔下來的窘況，母親問她怎麼沒睡在床上，她說睡不著起來看書，看著看著竟睡著了。

她頸子上圍著圍巾，沒讓爸媽看見那青紫色的勒痕。

「爸，我們家的結界都完整嗎？」芙拉蜜絲試探性的問，「你有沒有每天都檢查一下？」

「有，我們每天檢查兩次，不會有一絲漏洞。」父親肯定的說，他們都知道，最近許多地方或許有漏洞。「我們家連屋頂上的瓦都刻有咒文，跟其他人家不一樣。」

「是啊，瓦片多一層防護，上頭如果有人要破壞應該是比較難。」母親挺自豪的。

其他戶人家都是在內層屋頂刻咒，屋頂外的裝飾倒是很少下功夫，這就是妖獸那晚可以在各家屋頂上跳躍的原因，沒有咒語就不怕灼傷。

「所以我們家是保證安全的。」她點點頭。

「滴水不漏。」爸爸自信的回著。

是啊，那安娜到底是怎麼來找她的？那天晚上奔跑的小女孩呢？這滴水不漏好像有問題吶！不過人類的靈魂倒是沒什麼關係，妖魔鬼怪別進來就是了。

「爸，雨晨剛剛打來，她說今天下午我們可不可以去──」

「妳正在禁足中，芙拉蜜絲。」爸爸低沉的回應，頭也不抬。

唔……芙拉蜜絲蹙起眉，弟妹們坐在椅子上搖屁股，小弟還在唱什麼禁足之歌，可惡！

「芙拉，妳早餐忘了做，午餐就交給妳囉！」媽媽倒是挺高興的，早餐容易極了。

「嗯。」芙拉蜜絲點點頭，囫圇吞棗的吃著吐司。

「吃慢一點，妳吃這麼快幹嘛？」

「我跟雨晨約好要通電話！」她咕嚕咕嚕的灌下牛奶，碗盤是弟妹負責洗，她又一溜煙的衝上樓了。

呼，關上門，她背貼著房門，拚命做著深呼吸，她必須忍耐，不能又衝動行事，牆上的紅燈閃爍，她知道那是雨晨打來的。

上前接了電話，淡淡幾句，江雨晨說想去找妹妹，但是她在禁足中，不能出去。

看著桌上的紙，那不是她的字，也不是妹妹的，那丫頭的字沒這麼工整……她將木條窗敞開，看向玻璃窗外，這才發現一夜之間，已經變成銀色大地，白雪紛紛，因為家裡有開暖爐，所以沒有這麼大的感覺。

往外瞧著，大家都已經晨起工作了，將屋前的雪鏟除，今明兩天是假日，大家多半會休息，或是去鎮中心買東西買菜的好日子；等等爸媽會帶幾個小鬼去買糖果，這是每星期最令人期待的時間。

然而，一個披著灰綠斗篷，步伐蹣跚的人卻引起她的注意，瘋媽踉踉蹌蹌的在雪地上走著，附近的人對她敬而遠之，還有人直接朝她丟東西！

夠了！芙拉蜜絲推開窗子，想要叫別人不要太過分，可是想到爸爸交代的又不知道該怎麼辦……看著瘋媽就倒在她窗子下，吃力的站起，拍拍身上的雪，繼續往前走。

只是她才走了兩步，突然抬起頭，就這麼與芙拉蜜絲四目相交。

「瘋媽……」她尷尬皺眉，瘋媽知道她在上面看著嗎？

瘋媽衝著她笑開了顏，呵呵呵的笑著，然後退兩步，高舉起手上的東西，晃呀晃的……

叮叮叮，叮叮噹噹——芙拉蜜絲瞠目結舌，她半身都俯出窗外，瘋媽把東西舉得更高！

怎麼可能！芙拉蜜絲不敢大喊，但是她的神情彷彿在詢問瘋媽：在哪撿到的？

瘋媽的手，指向了東北方。

萬人林長年有陰，大家都不敢靠近。那裡是廢墟啊，沒人知道林子的那頭是什麼，好像就幾個伐木的知道，就算有結界在，也最好不要去。

漂亮的孩子看到了……妳找到那個男孩了嗎？妳找到那個男孩了嗎！

芙拉蜜絲不再思考了，她倏地旋身衝到衣櫃邊，拉開門時不經意瞥了眼鏡子，確定裡面映著的是自己，再拿出衣服換裝；穿上釘鞋、粗皮帶，上頭確定吊掛著所有需要的物品，皮革背包斜揹上，取過長鞭，掀開床墊下的武器櫃，多準備一些飛鏢短刀，然後……

她從床下的櫃子裡拿出一只漂亮的盒子，這是爸爸在十二歲成年禮上給她的，相當珍貴的東西。

打開盒子，裡面是一柄金色短刃，相當的沉，刀柄刀身上全部刻有經文，尤其刀柄上頭還有個洞，完全能綁在她的長鞭上。

把刀子也插進背後的腰帶裡，皮衣套上，她回頭瞥了一眼房門，真的真的對不起。

芙拉蜜絲坐上窗檯，她做不到爸媽說的置之不理，其實不單單是為了堂姐的孩子，還有雨晨跟鐘朝暐他們的弟弟妹妹啊！除了這屋子的家人外，還有許多她重視的人！

芙拉蜜絲一躍而下，悄悄的落地，附近幾個人瞥了她一眼沒說話，大家都知道，不從正門出入也是習以為常。

「這是哪裡來的？」她一落地，就抓著瘋媽的手上問。

瘋媽的手上有一只鈴鐺飾品，那是她做給潘潘的！這麼醜的縫線只有她才做得出來。

「在林子那邊，萬人林。」瘋媽殷切看著她，「快點，孩子會被吃掉，會被吃掉……」

孩子在那邊嗎？芙拉蜜絲咬著牙，「瘋媽妳快回去，我去看看就回來。」

門口不宜久留，要是讓爸爸聽到就麻煩了！芙拉蜜絲推著瘋媽回家，她搶過潘潘的鈴鐺，飛也似的朝著萬人林過去。

瘋媽哪肯回去，她也跟著跑起來，緊緊追著芙拉蜜絲的身後奔去。

玻璃窗裡的木條敞開，男人出現在窗子邊，臉色凝重，一雙柔荑由後環抱住他，靜靜的貼在他背後。

「還是去了嗎？」露娜望著白雪皚皚的窗外。

「唉！」爸爸搖了搖頭，「命啊！」

自治隊的結界使用藍色封鎖線，一般來說，民間自治隊對命案的封鎖線是黃色，藍色封鎖線即是由具靈力的闇行使加持過，能傷害低等妖獸或魔物的咒語，具有靈力的封鎖。

這一次自治隊使用兩層，一層是普級版，一層則是加強版，為了不讓非人潛入鎮上……只可惜，在自治隊封鎖前，已經潛進來了。

在萬人林這一帶，自從安娜失蹤後已經杳無人煙，遠遠看到封鎖線大家就會敬而遠之，芙拉蜜絲來到封鎖線外時緩下腳步，她留意足下，發現雪地裡不只有她的腳印，早在之前，就已經有人來過了。

而且……她順著往林子的方向看，有好幾道足跡，穿過了封鎖線，直往萬人林去。

「唉唉……」瘋媽氣喘吁吁的追上，突然揪住芙拉蜜絲的外套，嚇了她一大跳。

「瘋媽？妳來做什麼？回家去啊！」

瘋媽搖了搖頭，「我的孩子呢？妳有看到我的孩子嗎？」

天，怎麼這時候犯糊塗呢？瘋媽又開始在問自己的小孩在哪兒了，現在不是跟她周旋的時候啊！

「妳去找自治隊，知道在哪裡厚？妳的孩子在那裡！」芙拉蜜絲指著遙遠的方向，這是白色謊言，為了讓瘋媽遠離這裡，「去找自治隊員要，他們把妳的小孩收留下來了！」

「喔喔喔，我的孩子！」瘋媽聞言，果然立即旋身，往回頭方向走。

芙拉蜜絲見著她走了一小段路後，重新望向林子的方向，有誰竟然穿過封鎖線過去萬人林啊？這簡直是冒險，雖說村子潛伏著妖獸鬼獸，但不代表這裡就沒有啊，萬人山裡天曉得還有多少東西在？

回頭瞧著城鎮，她有時有在想，會不會就算妖獸牠們想要潛回林子裡，也被這封鎖線給攔住了？這好像是在作繭自縛似的。

唉，不管這麼多了，要找到那個金髮小男孩對吧！她深吸了一口氣，事情如果從這裡開始，也該從這兒開始找起。

彎下身子，她揭開兩道藍色封鎖線，鑽了過去。

還記得上一次她穿過校舍外的封鎖線時中了陷阱，直接穿過鬼獸之門，被困在鬼獸的結界裡，所以當芙拉蜜絲穿過去時，她刻意留意著周遭景色，感受著壓力與氛圍，以確定自己是否又闖進了危險。

回身還看得見瘋媽，很遠的地方還聽得見廣播聲，看來還是人界沒錯！

芙拉蜜絲揪緊外套，撥掉黑髮上的白雪，冬天真冷，踏雪行走一點都不方便，想著萬一等等遇到什麼，真希望鬼獸的行動也會因雪而遲緩。

不過走沒多久，她就在林外看見了躊躇的人影。

「……我的天哪！」她一字一字的高喊，「你們居然敢跑來這裡？」

鐘朝暐跟江雨晨驚嚇得回身，一時之間還露出應該逃跑躲藏的慌張神色！只是瞧見是芙拉蜜絲後，雙雙鬆了一口氣。

「嚇死人了，芙拉！」江雨晨拍著胸脯，「我還以為被抓到了！」

「真是的，不能先出點聲嗎？」鐘朝暐真的被嚇出一身冷汗。

「喂，要犯規就不要怕被抓到了！你們兩個跑到這裡來做什麼？玩真的嗎？」

芙拉蜜絲挑高了眉，早上通電話時她有猜到大概，這兩個傢伙想出來找弟妹，只是她沒料到，他們兩個有膽子到這裡來找人！而且全身上下裝備齊全，完全就是備戰狀態！

「我、我想過了！自治隊搜也搜過了，鎮上到處都找過，就是沒線索……」江雨晨邊說還邊發抖，「可是、可是沒有人到這裡來找啊！」

「事情從安娜失蹤開始，妳又說她的兒子變成鬼獸了，又有張先生一家的事，我怎麼想，都覺得這裡有問題。」鐘朝暐深有同感。

「鬼獸跟妖獸應該是潛伏在鎮上吧，張先生他們可能是看見了妖獸……或是惡人。」因為有人破壞咒文，妖獸才得以入侵屋子。

「這樣推斷，在不信任任何人的前提下：說不定封鎖線早就失效。」鐘朝暐認真的看著芙拉蜜絲，「我可以合理的懷疑，妖獸牠們自由進出鎮上，白天就潛伏回林子，因為這裡根本沒人敢來。」

芙拉蜜絲不再多說什麼，因為她比誰都明白朋友的心情，他們的家人現在都下落不明，遍尋不著的情況下靠人不如靠己；她也有親人失蹤，所以一同協尋天經地義。

「芙拉……妳不是說妳被禁足嗎？」出發前，江雨晨才打電話給芙拉蜜絲而已。

「是啊……」她一臉哀怨，「我這次如果回去恐怕不只禁足這麼簡單了……」

嗚，說不定爸爸會禁她一年？或是煮飯一年，也有可能不許她再鍛鍊！天哪，她連想都不敢想！

「我們快點行動吧，趁著白天好做事。」芙拉蜜絲率先入林，多是仗著白天，恐懼感較少。只是才往裡走她就覺得不對勁，雪地裡有新鮮的腳印，一樣紛沓，在雨晨他們進來前，真的還有別人進來！

蹲下身子，她仔細檢視著足跡。

「我也發現了，好像有好幾個人進來的樣子。」鐘朝暐一同彎身檢查，「我聽說有家長請人幫他們找孩子。」

「賞金獵人嗎？」芙拉蜜絲暗自哇了聲，多半都是退休的自治隊員組成的，拿錢辦事找人。

「好像是，最近他們生意很好，鄰鎮失蹤的孩子也不少。」鐘朝暐一一觀察著足跡，「好幾個人吶！」

「算了，不礙事，我們找我們的。」芙拉蜜絲一邊說，一邊取下長鞭，「不只要注意前後左右，頭頂也要留心，妖獸動作很靈巧的。」

頭頂啊……江雨晨雙手都夾著飛刀，長刀插在背上，那把刀子她真的還不太會用，可是帶著有備無患；鐘朝暐手持弓箭謹慎的留意著，一邊在林子間走，一邊觀察蛛絲馬跡。

萬人林是一般的樹林，不甚密也不甚寬，沒有明確的道路，但是林業資源相當豐富，聽說深處有很多適合建造房子與傢俱的樹木，所以依然有職業伐木者會冒險前來。

其實這裡也只是傳聞多，它還算鎮上的一部分，距離妖怪獸物群聚的無界森林也相當遠，只是萬人屍的傳聞甚囂塵上，就像現在，他們踏著的土地下，誰知道有多少具屍體在？正撫摸著的樹，是否也是飽吸著腐屍的血而成長茁壯？

越走越深，光源越來越少，芙拉蜜絲警覺性的仰首，這萬人林樹木是不密，但是樹棚卻很寬廣，枝葉茂盛，株株相連的遮蔽了天空；加上今天原本就是雪天，天色不明，現在看起來林間更昏暗了。

噠噠噠噠……遠方出現蹄音，鐘朝暐立刻滿弓戒備，所有人都看向同一個方向，直到清亮的雙眸自林間掠過，那長角擦過樹幹，芙拉蜜絲輕輕壓下鐘朝暐的弓。

「是鹿。」她有些讚嘆，「我聽說這裡有很多動物，所以獵戶也會來打獵。」

「因為都沒被破壞吧，沒人敢來，資源不少。」江雨晨聳了聳肩，「我要是動物，也會搬到這邊來住。」

「鬼獸見著不是照吃不誤？地獄惡鬼只要是鮮肉就好，哪管是動物還是人？」鐘朝暐倒是不以為然。

「吃動物比吃人好，人有欲望；有恨有怨有執念，多少被惡鬼吃掉的人最後都結合成鬼獸？就連七歲的法蘭克，都因為肚子很餓，也能化成鬼獸！」她想都沒想過，七歲的孩子也會有執念。

「咦……」江雨晨留意到了什麼，快步向前走去，「你們看！那是血嗎？」

大概三公尺遠的樹幹上有一大灘污漬，鐘朝暐一馬當先朝前去，看見樹幹上正爬滿蛆蟲，萬頭攢動。

「是血跟內臟吧……」他仔細看著，「好幾天了，蛆都已經孵化了。」

江雨晨一靠近就別過頭，掩嘴乾嘔，她實在很怕看這種東西！芙拉蜜絲趕緊抱著她安撫，雨晨根本見不得恐怖的東西，對於鬼獸更是嚇得要死，這次若不是為了妹妹，只怕也不會主動犯險。

鐘朝暐再蹲下身子，樹下有些殘餘的東西，才想伸手，立刻被阻止。

「別亂碰，萬一那死者的靈魂沒離開，跟著你就麻煩了。」芙拉蜜絲往旁瞥一眼，「用樹枝勾。」

鐘朝暐頷首，轉身拿起樹枝勾勾土裡的殘物，那是塊衣服，因為浸在血液之中已經分辨不出顏色，拿起來時上頭除了土跟蛆蟲外，就是白色的雪。

「有花邊，可能是很可愛的衣服。」江雨晨緊皺著眉，抱著芙拉蜜絲說著。「花邊下面還有蝴蝶結。」

芙拉蜜絲仔細瞧著，雨晨觀察還真細膩。

「這幾天的話……」芙拉蜜絲不安的皺眉，「該不會是安娜的女兒，羅絲的吧？」

這幾天死在這裡的，怕就只有她最有可能了，看那蕾絲花邊還綴有小蝴蝶結的模樣，應該是小女孩的衣服。

「果然已經死了嗎？」鐘朝暐垂下樹枝，腦子裡想的是自己的弟弟。

芙拉蜜絲在附近看了一圈，除了樹之外什麼都沒有，唯一麻煩的是現在地上被雪覆蓋，看不見原本土地上的痕跡。

「……雨欣！」江雨晨突然哭了起來，「雨欣！妳在哪裡！」

她想到自己的妹妹，也是喜歡穿這樣如公主般的洋裝，歲數跟羅絲差不多，現在是生是死呢？

鐘朝暐聞言，也開始呼喚自己的弟弟，芙拉蜜絲攤開掌心看著手裡的鈴鐺，潘潘……潘潘一定在這裡吧？

劈——啪——詭異的聲響來自於某方，芙拉蜜絲才要高喊時被這聲音分神，她聽著奇怪的聲音，像是樹枝被踩斷的聲響，但是位置更高而且連續……劈啪劈啪劈啪……

江雨晨跟鐘朝暐也都停止呼喚，他們都聽見了，不解的尋找聲音來源，因為不止一處，而是四面八方……上面！

「啊啊！」江雨晨仰首向上，「你們看！樹枝連起來了！」

什麼？芙拉蜜絲立即抬頭，看見樹棚伸長綿長，竟根根密連，那些聲音是樹枝與樹葉摩擦的聲響，它們正形成一個樹蓋，將葉縫透進來的陽光給遮蓋！

「糟糕！」芙拉蜜絲正首環顧四周，「變暗了！大家小心！」

可不是嗎？鐘朝暐擎起弓箭，四周的亮度少了相當多，他們就像在太陽下山後的樹林間行動一樣，不至於伸手不見五指，可是昏暗不明！

緊接著，他們聽見了龐然大物移動的聲音了！

砰砰砰……對方邊跑著，一邊撞擊著樹，整個樹蓋是相連的，所以樹葉沙沙掉落。

『我肚子餓了、肚子餓了！』稚嫩的聲音果然傳來！『媽媽我肚子餓了！』

「走啊——」芙拉蜜絲立即大吼，推了江雨晨一把，鬼獸朝他們來了！

三個人奮力往前衝，江雨晨曾經想要分辨來時路，可是發現已經找不到了，也沒有時間循著足跡回頭！

『媽媽，肚子餓！』鬼獸低吼著，吼叫聲伴隨著幼童聲，非常的不協調！

但是鬼獸的一步是他們的好幾步啊，眼看著越來越近，芙拉蜜絲還留意到有什麼東西在遠處的樹上跳躍穿梭，媽呀，如果是妖獸的話，他們哪有這麼多力氣跑啦！

「停——」芙拉蜜絲喊著，「朝暐，你能不能射穿牠的眼睛！」

鐘朝暐戛然止步，沒有回應卻立刻再從箭筒裡拿出第二支箭，架在弦上，同時拉滿弓。

江雨晨發顫著站在他們之後，只能把飛刀備妥，她只能當後援……還有把風，避免任何東西趁機過來。

「我去引它停下。」芙拉蜜絲二話不說，立刻朝著低吼聲的方向去。

「芙拉！」鐘朝暐喊她，這太危險了！但是她根本沒在聽。

熟悉的鬼獸身影出現，口水不停流著，芙拉蜜絲認得那隻鬼獸，身上的鞭痕還在，被她這鞭子鞭過的非人都會留有難以抹滅的痕跡；只是看到鬼獸，芙拉蜜絲心中就一股難受，如果這傢伙在這兒，間接證明了自治隊的封鎖線是無效的。

鬼獸停下腳步，猩紅的雙眼睥睨著她，眼珠子瞟向她手上蓄勢待發的鞭子，上次才受了傷，那鞭子上有傷害牠們的力量。

『肚子餓。』鬼獸喉間發出聲音，她記得的，法蘭克的頭還在喉頭裡。『芙拉姐姐，我肚子餓。』

「法蘭克，媽媽呢？」芙拉蜜絲趁機問著，如果那孩子還有意識的話。

『芙拉姐姐，我肚子餓。』鬼獸回答一樣的話語，下一秒大手立刻從她的左方刨過來——芙拉蜜絲立刻立定躍起，讓鬼獸的右手撲了空，使勁鏟進了雪地裡。

可是，鬼獸竟同時前傾身子，張開血盆大口，就要咬下芙拉蜜絲……她看見了！芙拉蜜絲瞪大著眼看向鬼獸的喉頭裡，卡著法蘭克已經腐爛的頭，他與鬼獸的身體血脈相連，正咧開嘴對著她笑。

『我餓了，芙拉姐姐。』

「鐘朝暐——」芙拉蜜絲大喊著，感覺到左右兩邊各咻過一陣風壓——兩支箭不偏不擠，射中了鬼獸上一秒還因貪婪而喜悅的雙眸。

他們每個人的武器都是法器，無論如何，鬼獸的雙眼確定是瞎了！

『吼啊啊啊——』鬼獸雙手立刻往雙眼搗去，右手離地時，芙拉蜜絲差一點點就被掃到，幸好她眼明手快地後空翻閃離。

看著鬼獸痛苦的在樹林間撞擊，芙拉蜜絲連連後退，退到鐘朝暐身邊時，他的弓上早已又架好箭矢。

「射得超準的，什麼時候練的？」她由衷欽佩。

「芙拉蜜絲，我現在在練的是三支箭。」鐘朝暐嘖了一聲，芙拉還真的都沒在留意他嗎？

「厲害！」芙拉蜜絲邊說邊往上瞧，「閃了！」

任鬼獸在那兒打轉，她現在還不確定將鬼獸徹底消滅的方式，上次是因為有法海在才能做到……思及此，她忍不住張望，通常真的有危險時，法海都會出現啊，他人呢？

「芙拉！芙拉蜜絲！」

嗯？聽見了叫喚聲，芙拉蜜絲一時差點認為是鬼獸的偽裝，但是那不是孩子的聲音啊！她停下腳步，循著聲音的方向看去。

「這邊這邊！」斜前方遠處，竟有人正雙手交叉的揮舞著，而且不止一個人。

「天哪……那個不是妳的……」江雨晨有些驚訝，「他們就是在我們之前進來的人？」

鐘朝暐戒慎恐懼的回頭留意鬼獸，痛苦的吼叫聲仍在，但是距離他們似是越來越遠。

他們緩緩走近，簡直不敢相信，有一群人居然坐在石子上？

「姐夫？」芙拉蜜絲看著站在石上招手的男人，寸得堯跳了下來。

而坐在一旁呼氣取暖的是，蘆田太太、陳靖樺還有約翰。

第九章

「你們……為什麼在這裡？」陳靖樺皺著眉，不解的問著。

「我們也想問一樣的問題耶！」江雨晨比他們還驚訝，「你們怎麼會越過封鎖線進來？不是很危險嗎？」

「學生還敢說？」陳靖樺皺起眉頭，「你們溜進來被學校知道了，一定會被懲罰的。」

「芙拉蜜絲……」約翰皺起眉心，「我都不想再問了，為什麼又是妳……」

芙拉蜜絲吐吐舌，她一點都不想回答約翰的問題，逕自轉向寸得堯，他苦笑一抹，「妳知道，我不可能放著潘潘跟孩子不管的！棻棻鎮日哭得泣不成聲，跪在神面前將雙膝都磨破，不吃不喝就只顧著祈禱，讓她兩個孩子平安歸來。」

「嗯，所以我也在這裡。」芙拉蜜絲張開右手掌，鈴鐺躺在掌心，寸得堯見狀緊張的立即拿起。

「這、這是潘潘的！」他激動的狀態引起其他人的注意，「他一直繫在身上的，妳怎麼會有這個？」

蘆田太太上前看著，「就只是個小別針，怎麼斷定是潘潘的？」

「妳看，縫得這麼歪還掉線，這一定是芙拉做的，不會錯的！」寸得堯指著鈴鐺上的蝴蝶結裝飾喊著，「潘潘特別喜歡這個鈴鐺，每天都一定要帶在身上的。」

咳！芙拉蜜絲難為情的笑著，是說這種「特色」，姐夫也沒有必要講得這麼大聲是吧？

「這是瘋媽拿給我的，她說在林子外撿到的，除非潘潘自己走進來，否則就是有拐走她的人掉了。」芙拉蜜絲大膽的推測。

「瘋媽？她的話能信嗎？」蘆田太太冷哼一聲，她一直對瘋媽頗多意見，「她精神根本不正常！」

「她並不是那麼瘋，偶爾幾句話也是對的，只是不善組織，或是只專注於想說的話罷了。」芙拉蜜絲並不喜歡蘆田太太的態度，「可以選擇的話誰願意變成那樣？瘋媽就是失去孩子受不了打擊，才會變成這樣的。」

「對，我知道，所以我就覺得孩子是她拐走的，而且搞不好就藏在這裡！」蘆田太太說得斬釘截鐵，彷彿親眼見到一般。

「所以妳就進來找？」江雨晨怯生生的問，「一點都、都不怕？」

剛剛鬼獸還在附近咧，他們怎麼這麼從容啊？

「怕歸怕，但是下雪了啊！我怕孩子如果真的被瘋媽藏在這裡，會受不了的。」陳靖樺一臉憂心忡忡，「失蹤的孩子最大都不超過八歲，最小的就……」

她望向寸得堯突然語塞，覺得自己舉錯了例子，立刻別開眼神。

寸得堯逕自接了口，「是我的孩子，容愛。」

「名字取了？」芙拉蜜絲笑了起來。

「嗯，叫容愛。」寸得堯有些感傷，「就算死了，碑上也得要有名字。」

是啊，其實大部分的人，都已經在為聯合喪事做準備了，失蹤通常等於死亡的機會相當的高，還懷有希望且有錢的，會找賞金獵人，其他的等待自治隊的結果，然後就是……這些勇者。

「那蘆田太太怎麼會來？妳孩子呢？」托育中心的她，孩子給誰帶啊？

「還說，孩子在我手上不見這麼多個，我豈能坐視不管？」蘆田太太歪嘴斜眼的，「我還要證實給大家看，是那瘋女人誘拐大家的孩子！」

「證實了打算怎麼樣？」芙拉蜜絲沉著聲音問了。

蘆田太太瞪著她，冷笑一抹，「驅逐。」

驅逐！江雨晨倒抽一口氣，這是多可怕的方法啊！把一個人驅逐出鎮，永遠不能再回來，其他的鎮也會知道她被驅逐出去的原因，可以考慮要不要收留她……

如果瘋媽真的因為偷孩子而被驅逐，只怕都沒有人要她，她會被趕到像萬人林這種地方、甚至是……無界森林……

「這不會太殘忍嗎？那只是一個精神不正常的人！」難得連鐘朝暐看不下去了，他懷疑他厭惡，不代表他希望把瘋媽趕離鎮上。

「你們這些孩子，根本什麼都不懂，你們懂當媽媽的心嗎？」蘆田太太倒是氣急敗壞，「孩子被人騙走、拐走，甚至回不來的心情。她精神不正常，就是個未爆彈，誰知道她什麼時候會誘拐傷害孩子？」

是，他們都只是孩子，的確不懂做母親的心情，但至少懂得做人的道理！但立場不同，就沒有辦法溝通，對於這些母親而言，孩子被拐走真的是又氣又急的事，回想起大弟失蹤那晚，每分每秒對爸媽都是煎熬。

可是，這樣就可以決定一個人的生死嗎？她不懂。

「算了，我不想爭論瘋媽的事了。」芙拉蜜絲放棄吵架，「所以你們也認為孩子在這裡，大家才相約過來嗎？」

「噢，沒有相約，我是在找潘潘時遇到她們的！」寸得堯只熟悉陳醫生，對蘆田太太不甚熟稔，怎可能相約？

「我也只是巧遇蘆田太太，這種事要瞞著大家，怎麼可能相約？」陳靖樺擰著眉，「我只是想說能不能趕快找到孩子，結果看見蘆田太太居然也來了！」

蘆田太太不必說，她對萬人林本來就熟，獨自一人撫養孩子，砍伐珍稀樹木就是她維生的方式，索性自個兒就進來搜了。

江雨晨尷尬笑笑，他們是相約的耶，果然大人跟小孩做事就是不一樣？

「那，你們有發現天色變暗了嗎？」鐘朝暐指指頭頂，光都透不進來了。

「咦？」蘆田太太抬起頭，「咦呀，我以為等等要下大雪了。」

「剛剛沒聽到鬼獸的吼聲嗎？」江雨晨小心翼翼的提問。

什麼？電光石火間，所有人都跳站而起，異口同聲：「鬼獸！？」

真不知道是反應遲鈍還是太過樂觀，芙拉蜜絲不可思議的看著姐夫，女人沒注意到就算了，他是男人怎麼沒感覺咧！

「別嚇人了，鬼獸……在這裡？」陳靖樺緊張起來，「現在呢？」

「我射瞎了牠的眼睛，這會兒不知道哀嚎到哪兒去了。」鐘朝暐有點得意的說著。

「哎呀，」蘆田太太焦急地想離開，「還是趕快走吧，這氣氛不對，快點出去。」

她邊說邊往芙拉蜜絲的方向走來，只是走沒兩步，突然間腳像是絆倒什麼似的。啪的撲倒，直接在芙拉蜜絲面前倒下。

「蘆田太太！」陳靖樺趕緊上前，「小心啊，雪地路滑！」

「不是不是！」蘆田太太把頭從雪地裡抬起，呸呸呸的吐雪，「我絆到東西了啦！」

她疼得撫著腳，翻過身坐起來，伸手到雪地裡抓出絆倒她的東西。

在她指間的，是安娜。

嚴格說起來，是安娜鼻子以上的部分，自人中以下撕裂，蘆田太太抓著的是她的黑髮，還有瞪得圓大的雙目。

有幾秒鐘，所有人是沉默著的。

「呀——」率先發出尖叫聲的，絕對是江雨晨，她驚恐地尖叫著，直接向後跌上了樹！

「啊啊哇！」蘆田太太終於反應過來，她用力甩掉那半顆頭，頭撞到樹幹還朝旁邊彈去，約翰卻眼明手快地接住，擰著眉揪住安娜的長髮，頭顱在他手裡轉了一圈，大家便能更清楚的看見她失去了後腦勺，那顆頭只剩表面的臉骨。

「安娜……」寸得堯看得兩片唇直打顫，「她怎麼、怎麼……」

「總是得帶她回去，難得有屍塊可以留存！」約翰專業的從身上拿出證物袋似的東西，把那頭顱裝回去。「得交給她丈夫對吧！」

江雨晨全身都起雞皮疙瘩，看著那顆頭掛在約翰的腰間，她簡直都快哭了！

「她是被吃掉的嗎……怎麼都還沒有腐爛？」陳靖樺忍不住嚥了口口水。

『因為她不想腐爛啊……呵呵……』上方，突地傳來笑聲，『真有趣……居然同時來了這麼多玩具啊！』

咦！所有人瞬而往上瞧，詭異的妖獸就在上方，僅用一隻手攀著樹幹，整個身體都晃盪著，而且沒有多廢話，長長尾巴咻地往下刺來！

「陳醫生！」約翰大喝一聲，不愧是自治隊的人，一步上前將手中的尖刺鐵棍向前，準確的擋住了尖銳的尾巴，在半空中發出鏗鏘聲響！

鐘朝暐沒有遲疑的朝著妖獸射出兩箭，目標朝向喉間，妖獸卻輕易的以一隻手攔下，將箭折成兩半，下一瞬間又射了回來。

江雨晨直覺拋出手上飛刀，一刀擊向兩支斷箭，避免箭射回鐘朝暐身上。

幾秒內壁壘分明，妖獸在樹間搖晃著，他們紛紛與之對峙，仰首望著牠。

『真討厭……啊！』妖獸指向芙拉蜜絲，『又是妳啊，女娃兒……我已經想好要怎麼殺死妳了呢！』

「是嗎？」芙拉蜜絲微微顫抖，但還是鼓起勇氣，「失蹤的孩子跟你有關係嗎？」

『孩子……』妖獸突然伸出最少三十公分的舌頭，嘶嚇的舔了整張臉，『小孩子最好吃了，嘻嘻……』

寸得堯緊握著大斧，他不停的朝著左方看去，再往裡走似有一片灰白光亮之處，沒有樹的寬廣空間，是不是應該試著往那邊逃？而且……大家有沒有感覺到，天色更昏暗了，簡直逼近了黑夜啊！

這就是妖獸如此肆無忌憚的主因嗎？

『呼……』一陣呼嚕嚕的聲音隱約從後頭傳來，寸得堯狐疑回首，在昏暗的樹間看到模糊移動的影子，『我肚子餓了……』

什麼？芙拉蜜絲驚愕的回身，「鬼獸！」

這一吼，寸得堯即刻拔腿就往亮光處奔去，引領著所有人跟著他身後跑，芙拉蜜絲無法不留意在樹上穿梭的妖獸，見牠大笑著在樹間跳躍，她不假思索的揮去雙鞭，不讓牠有機會跳下來！

只是第一鞭，就被妖獸徒手握住了——喝！芙拉蜜絲立刻止步，扯住鞭子，跟樹上的妖獸形成一股拉鋸。

『天真的人……哇啊——』妖獸突然驚恐的叫著，倏地鬆開鞭子，牠的手掌竟冒出火星！

感覺到鞭子一鬆，芙拉蜜絲連笑牠傻子的機會都沒有，即刻立定圓心回身，一鞭打在後頭撲殺過來的鬼獸身上。

『我——餓——了——』鬼獸雙眼還插著鐘朝暐的斷箭，張大著嘴喊著。

牠喉間的頭顱正齜牙咧嘴的瞪著芙拉蜜絲，鬼獸，用法蘭克的眼睛當眼睛？一支箭矢再度擦過她耳邊，直射向鬼獸張大的嘴，但這次鬼獸聰明多了，咻的一閃身沒入黑暗，消失了。

芙拉蜜絲立刻朝樹上看，妖獸也不見了！

「那是法蘭克嗎？」江雨晨哽咽著問。

「對……不，是鬼獸，沒有名字！」芙拉蜜絲想起媽媽說的，鬼獸就鬼獸，喊了名字就會有感情，「大家小心，牠們隱身了！」

她高喊著，所有人驚恐的立刻聚在一起，背靠著背形成一個圓，戰戰兢兢的望著四周昏暗到能見度極低的樹林。

每個人喘氣、吸著鼻子的聲音都聽得一清二楚，約翰沉穩地拿出手電筒，啪的照亮某個方向，有個東西一閃而過。

「林子裡還有別的東西，小心。」約翰邊說，一邊將煙火拿出來，「我必須求救！」

他拿出手槍式的求救信號，直接朝空中射出信號彈，如果能重穿過樹蓋的話，就能在幾里外見著如煙花般燦爛的求救信號。

只是那煙火往上直竄，撞上了密密麻麻的樹頂，砰磅一聲，在樹蓋炸開了。

煙火沒有射出去，反而成了無數火點掉下來了！

「散開！」約翰見狀不對，那些煙火竟在炸開後沒有變成灰，反而成了無數小火星落下！

「哇呀！哇！」每個人立刻又叫又跳的閃避掉在身上的火星，落在芙拉蜜絲身上最多是撥掉，又不燙！

她不解的是，為什麼眼前的樹正在龜裂？劈哩啪啦的聲響都被大家的尖叫聲淹沒了，可是每棵樹皮都在裂開，一塊塊樹皮逐一剝落。

「哈囉！」芙拉蜜絲扯開嗓子高喊，「大家小心樹啊！」

樹？約翰的靈敏度最高，他還站在一棵樹旁，甚至正靠著一棵樹，樹怎麼了？他突然感覺到有東西在掌心裂開，劈啪一聲讓他縮手，他掌心離開樹皮數公分，狐疑的看著有塊樹皮從樹上掉下來了。

江雨晨前一秒還靠在樹上，下一秒立刻立正站好距離樹越遠越好，看著整棵樹的晃動剝落，她總覺得有種似曾相識的感覺……那樹皮掉落的方式，活像是有人從裡面推開來似的。

一塊樹皮在樹上鼓動著，約翰緊皺著眉，小心的伸手去將那要掉不掉的樹皮給摳了下來……

『嘎呀——』刺耳的尖叫聲瞬間從樹裡傳來，一顆森白的眼珠正與他四目相交！

「呀——！」女孩子們失聲尖叫著，再度聚在一起遠離了樹幹。

緊接著大量的血竟從所有龜裂處湧出，從上到下，冒出了大量紅血，樹皮一大塊一大塊的被推開，出現了血淋淋的人，乾枯蜷縮在樹幹裡，準備「破繭而出」！

『異類！殺掉！快把牠們殺掉！』

『入侵者！』

樹裡的人開始高喊，約翰高舉著手電筒往四周照去，就連很遠很遠的地方也都發生一樣的狀況！

「哪來這麼多怪物啊！」鐘朝暐不可思議的喊著，他十一點鐘方向有兩顆白眼球正咕嚕咕嚕的轉著哩！

「這裡是……萬人林啊！」江雨晨哭著大喊，「如果真的有一萬個人，就有一萬棵樹，裡面是不是就——」

用萬人的屍骨滋養出的樹林，傳說中大量的樹在屍山中急速成長，又稱一夕之林……媽呀！芙拉蜜絲狠狠倒抽一口氣，這不是傳說嗎？難道是真的，這根本不是正常的林子吧！

「退啊！走！」陳靖樺喊著，急著往亮光處奔去。

『哈哈哈哈！讓你們自相殘殺也很有意思啊！嘻……』在不知名的上方，彷彿傳來了妖獸的笑聲。

得意什麼！芙拉蜜絲不爽的低咒，開始陸續有「人」離開了樹幹，破繭成功，牠們枯瘦得像是營養不良的人一樣，一「出生」還不太會走似的，全身浸浴在紅血之中，唯有那顆眼珠如白晝般閃亮。

在牠們還沒攻擊前，芙拉蜜絲實在不忍傷害牠們，那些都算是……祖先之一吧！

『吼嘎！』不知哪棵樹躍來的血人竟直撲而住，芙拉蜜絲下意識即刻一鞭揮去，脆弱的撞上樹落下。

寸得堯眼看著遠方那片灰亮之處似乎近在眼前了，但是血人卻越來越多，簡直是蜂擁而上！只能慶幸牠們尚且脆弱，就算陳醫生或是蘆田太太平常都有基本鍛鍊，他們也有準備自身的武器，還能暫時抵禦！

「大家全力跑，芙拉！接著！」約翰忽然拋給她一個包包，「到了適合的地點就架設！」

「好！」芙拉蜜絲接過立刻往身上揹，其實她連裡面是什麼都還不知道。

她只知道一鞭可以抽好幾個，上面——舉鞭抽去一口氣打下三個，鐘朝暐箭矢有限，雨晨的飛刀也是，他們現在都只能採用近身搏擊，所以她能夠打下幾個是幾個。

『吼啊啊啊——』電光石火間，鬼獸竟然從黑暗中橫向撲來了！

「呀——」所有人都措手不及，大家筆直往前跑，專注的對付血人，牠卻突然自垂直方向衝出，沒有人來得及反應。

而首當其衝的，是陳醫生啊！

「不要——」她驚恐的僵在原地，高舉了她自己的護身。

然後下一刻，約翰撲向她，將她推了出去——鬼獸瞬間在他身上開出了洞！

「呃啊！」約翰還在大吼著，他的武器只擋住了鬼獸其中一隻手，但是沒擋下牠同時咬下的嘴！

左肩連同左臂直接被咬下，鬼獸用力扯下那骨頭，囫圇吞棗的塞進嘴裡。

「約翰！」芙拉蜜絲驚恐的想過去幫忙，但是血人隨著離開樹幹越久，牠們跑得越快啊！

「走——快走！」約翰大喝著，僅存著右手拿著自己的尖刺鐵棒，朝鬼獸身上刺去。「鐘朝暐，不要浪費你的箭！」

正準備射出的鐘朝暐顫了一下身子，這是不許他攻擊的意思嗎？

但對於遍佈鱗片的鬼獸而言，鐵刺毫無用武之地，約翰不明白，那鬼獸身上有道鞭傷，不就是芙拉留下的嗎？區區鞭了能傷及鬼獸，他這加持過的武器卻不行？

難道——他詫異的瞪大雙眼，真里知道！他一定知道對吧！

『入侵我們的家園！不能饒恕！』血人們已經飛奔起來，『殺掉牠們！』

『守護我們的家！』重重血人吆喝著，有沒有人能提醒牠們一下，牠們已經死了嗎？

寸得堯拉著蘆田太太往亮光那裡去，使勁將她先往前推，再拉過跑得較慢的陳靖樺，也一起往前推去，只是當推進亮光的那瞬間，她們竟然就消失了！

「咦？」寸得堯驚恐的想要煞住步伐，卻來不及，自己跟著往前跌去！

啪啪啪一連消失三個人，鐘朝暐趕緊拉住江雨晨，兩個人雙雙跌落地，但是還沒進入那亮光的廣場！

「那邊有問題啊！」鐘朝暐大喊著，抓住衝來的血人，直接朝亮光處扔去。

啪嚓——活生生的五馬分屍在他們面前上演，血人沒有消失，而是直接在他們面前四分五裂！震驚發傻的江雨晨被血人抓住後衣領，她歇斯底里的尖叫著，不顧一切的往前奔去，死命拖著血人往亮光處去！

剎——血人四分五裂，但是江雨晨消失了。

「江雨晨！」鐘朝暐都傻了，但是至少沒有分屍就是好事？才在思考，四面八方湧來的血人讓他無處可逃，咬著牙緊握雙拳，他直接就跑給血人追了。

落差十步之遙的芙拉蜜絲沒有留意到這些異狀，她顧著用鞭子拉開所有血人的距離，一邊嘗試著要去救約翰；鞭子打上鬼獸，鬼獸終於痛得鬆開約翰，芙拉蜜絲滑到他身邊，竟可以從他的左肩看到胸骨及……跳動的心臟。

「快走……我是不行的了！」約翰把武器交給她，「等等鬼獸過來吃我時，射穿我們兩個人！」

「……我不要！」芙拉蜜絲尖吼著，她趕來不是要做這種事的，「我們可以幫你的，朝暐——」

她往旁邊看，只看到忿怒的血人們，驚恐的連抽幾鞭，赫然發現大家都不見了！這是怎麼回事！人呢？

「快走啊！」約翰使勁推開她，竟然還能站起，「有背過驅魔咒吧！唸著，射穿我們！」

芙拉蜜絲踉蹌跌落，約翰緊握著剩下的右拳，突然勾過她的頸子，附耳在旁，淡淡一句她甚至沒聽清，就見他氣勢奔騰的長嘯大喝，啊啊啊的朝著也奔來的鬼獸衝了過去。

芙拉蜜絲沒有猶豫的時間，她緊握著約翰的武器認真的背著驅魔咒，不停地退後著，腦子只有一片混亂，她根本——

「妳這樣子是沒有用的。」冷不防的，她撞上了人，「不如把法器繫在上頭，扔過去比較實際。」

頸間啪的一陣輕疼，有人扯掉了她的護身，繫在鐵棒上，聽著那輕柔的聲音，芙拉蜜絲心情靜了下來。

『我肚子好餓！』法蘭克生氣的聲音傳來，牠一掌穿過了約翰的肚子，大拳一握，把他的腸子全部拖出來，貪婪的往嘴裡塞。

「芙拉蜜絲——現在！」約翰右手勾住鬼獸，痛苦大喊著。

她睜開眼睛，緊握著的鐵棒正在發燙，不知道是自己的情緒激昂，還是手汗濡溫了鐵棒。

芙拉蜜絲呈弓箭步，右手向後拉開，將鐵棒拋擲出去。

血人們粗嘎的撲向那支鐵棒，芙拉蜜絲緊張無比，但是她不知道鐵棒上刻著的咒文此時泛出了橘光，血人們撲上只有被彈開的份。

鐵棒刺穿了約翰，同時刺穿了鬼獸。

約翰還有一口氣在，他持續不斷的，唸著屬於他的驅鬼獸咒文……加上闇行使的力量，就不信搞不死你。

『啊啊——』孩子的哭聲自鬼獸喉間傳來，滿是自己血肉的嘴裡，約翰總算看到了那孩子的臉。

「走吧，」他自豪的笑了起來，「叔叔帶你一起走。」

『媽媽……我吃了媽媽……』法蘭克的聲音嗚咽不止。

鬼獸終於開始燃燒，芙拉蜜絲顫抖著滑下淚水，但身後的人立刻將她扳了一百八十度，背向了那慘叫聲不絕於耳的方向。

「法海……」她下意識緊緊抓他的臂膀，「其他人……雨晨、鐘朝暐、陳醫生他們……」

「都過去了。」法海指向前面，「到妳了。」

「過去那邊？」她驚慌的望著不明的前方，雖是片泛著灰白色的空地，但是一個人影也沒有啊，上頭還有詭異的、死白的光！「那邊怪怪的……」

法海不耐煩說著。「囉哩叭唆！」

下一秒，他一掌直接把她往前推了進去。

「哇呀！」死法海！

第十章

「有沒有搞錯啊？今天不是假日嗎？你們到這裡吵什麼吵！」

難得聽見法海用那好聽的嗓音怒吼，但芙拉蜜絲現在只覺得頭昏眼花還有一種想吐的衝動，迷濛的雙眼看著自己撐在黃土地上的手，手邊都是亂石跟扎人的樹枝……她沒死？

「法海？你怎麼來了？」江雨晨驚呼著，「你什麼時候到的，我怎麼剛剛沒看見你？」

鐘朝暐正不爽的瞪著永遠優雅的金髮男孩，他竟然在千鈞一髮時出現，是否在那邊又救了芙拉，把她帶到這裡來？

「我也不願意，相信我。」法海認真的環顧四周，以及在場每個人。

「芙拉芙拉！」江雨晨蹲到芙拉蜜絲面前喚著，「妳還好嗎？過來時頭會有點昏！」

她抬起頭，看見完好如初的江雨晨，「是很昏，可惡！」

「因為不同空間，適應上會有點困難。」法海輕描淡寫的解釋著。

芙拉蜜絲在江雨晨的攙扶下站了起身，腦子裡一直有嗡嗡的聲音，用手掌使勁敲著頭，這才看清楚周遭的景色。

他們還是在萬人林裡，只是處在一片寬廣的空地上，這塊地狀似呈一大橢圓，其他樹木繞著著這塊空地生長，倒也不是有什麼怪異，因為周圍錯落著許多舊式的木屋、草屋，以前就是有人住，所以才把樹木都砍伐掉。

從這兒往剛剛受攻擊的林子看去，剛剛明明有一堆血人，但是現在什麼都沒有……而這裡，芙拉蜜絲仔細看著那些頹圮的屋子，她沒來過萬人林深處，從來不知道這邊有處空地、有廢屋，看來也是沒有人住。

所有人都安然無恙，寸得堯正打量著附近的屋子，除了有幾間屋子是圍繞著這個廣場建成外，其餘四周的樹林裡也有廢屋，看來以前這邊真的是個聚落村莊。

「這是哪裡？萬人林裡有這種地方嗎？」鐘朝暐倒是覺得極度不安，「這些屋子還有人住嗎？」

「之前這裡本來就是個聚落不是嗎？」陳靖樺輕嘆口氣，「大概是發生了萬人山的事情，才一夕滅村的。」

「我一直以為萬人山的事是傳說故事之類的。」寸得堯有些驚愕，到現在他還會講這些故事給孩子聽呢！

「現在看來……說不定是真的！許多傳說都有起源的！村子荒廢後就被遺棄在林子裡，所以林子內還有些屋子，其他地方都長樹了。」江雨晨害怕的黏在芙拉蜜絲身邊，「這裡現在應該已是廢墟，還有就是之前闇行使不是都會被趕到這邊住嗎？」

「那這塊地為什麼沒長？」鐘朝暐覺得詭異，他蹲下身子，「原本是聚落的地方樹木不會這麼茂密啊……這麼多年樹都成長了，偏偏這裡有塊地？」

「說不定以前就是村民廣場之類的，下頭鋪了石，不好長樹。」蘆田太太是樹木專家，也彎身檢視。

「等等……如果這裡只是原本就存在的地方——」鐘朝暐怔了住，「那為什麼我們剛剛會穿過了什麼奇怪的空間？」

如果同一個地方，剛剛陳醫生他們就不會跑過來後消失啊，他們也不該會天旋地轉，轉過身那些血人跟鬼獸都不見了！

芙拉蜜絲對上鐘朝暐的雙眸，唉，只怕他們進入了某個非人設置的結界裡了。

蘆田太太起身，好奇的朝著一間廢屋走去，芙拉蜜絲見狀緊張大喊著要她回來。

「看看而已，沒事的。」蘆田太太笑著說，她可是伐木女豪傑呢，萬人林她還算熟的。

不過寸得堯看得出芙拉蜜絲的臉色有異，主動上前拉過了蘆田太太，這邊狀況怪怪的，還是不要貿然行動才是。

才拉過蘆田太太往回走，剛剛那間屋子居然出現了唰啦開窗聲！

咦咦！所有人飛快地聚在一起，江雨晨忍著哭泣揪著芙拉蜜絲的手，因為那聲音是此起彼落的，喀啦喀啦一扇接著一扇，好像每一間屋子的窗戶都開啟了。

「真妙。」法海看著這些屋子，竟然笑了起來，「真有意思！」

「我現在不管看什麼都覺得沒意思！」芙拉蜜絲噘起嘴，拉過了法海，「有孩子在這裡嗎？你看得見嗎？」

法海斜睨了她一眼，眼神往後瞟著，她是白痴嗎？後頭還有她姐夫跟兩個外人，說這麼大聲是要死了？

「我怎麼看得見？我天眼通嗎？」法海輕聲說著，眼神卻冷冽的瞪著她。「妳的大腦是生來思考的，用一下好嗎？」

……芙拉蜜絲不悅的哼了一聲，好煩啊，都什麼情況了還顧慮東顧慮西？這些對話看在鐘朝暐眼裡自然異常不爽，那個法海講話實在有夠不客氣的！

「屋子裡好像有人在看我們！」陳靖樺恐懼的說著，「我看到窗子旁邊有人在移動。」

「這裡應該沒有住人吧？」寸得堯越想越不對勁，「萬人山這邊很少人會靠近啊，更別說居民了！」

「嗚，我也不覺得是人！」江雨晨就是這樣覺得才更可怕，「如果這裡是以前的村子，那就是萬、萬人村？」

萬人林是後人取的名字，天曉得以前這裡叫什麼？

芙拉蜜絲緊抿著唇，突然往廣場中心走去，鐘朝暐立刻拉滿弓戒備，這種氛圍太詭異了，基本上連他們是不是真的在萬人林裡都要打個問號。

寸得堯負責護著蘆田太太跟陳靖樺，她們慌張的顧盼著，低語討論著孩子有沒有可能藏在那些屋子裡？

「咦？」寸得堯聞言，這有可能啊，「孩子或許真的在屋裡！」

「姐夫，不要輕舉妄動。」芙拉蜜絲深吸了一口氣，陰暗的窗子裡的確有東西在晃動，但是她沒這麼樂觀的認為那是人類。「別忘了妖獸還在。」

『當然在，這裡可是我的地盤。』

身影自遠處樹梢躍落，卻輕巧的落在一間茅草屋上，這裡天色相當明亮，沒有樹木交錯的樹頂，天空灰亮一片，可以清楚看見妖獸真正的模樣。

相連的兩張臉有著詭異的八對黃色眼睛，瞳仁只有一點點，這樣看上去是徹底的黃，六隻手有一隻帶傷，芙拉蜜絲對此有點得意。

「呀……」江雨晨緊張的躲到芙拉蜜絲後面去，那妖獸長得好噁心喔！

「你的地盤？」芙拉蜜絲微蹙眉，「你們到底是怎麼越過結界進來的？」

『愚蠢的人類，真的以為我們沒辦法嗎？』妖獸嗤之以鼻，『真是難得一次有這麼多玩具可以享樂！』

「我只想帶小孩離開……求求你把孩子還給我！」寸得堯踉踉蹌蹌上前，「我的兩個孩子！」

「姐夫啊！」芙拉蜜絲立刻回身推著他，他是在做什麼！「牠是妖獸，最愛吃孩子，怎麼可能把孩子還給你啦！」

『嘻……這麼想要孩子啊！』妖獸果然得意的笑了起來，『那我先吃一個給你們看好了！』

吃——妖獸自屋頂躍下，那如蜘蛛般的雙腳在地上爬著，逼得所有人向後退，只見牠緩慢的朝廣場正中心走去，在某個踏地的瞬間，地板微微陷下去了幾吋——就這幾吋，讓芙拉蜜絲看見了。

「退後！不要妨礙我！」芙拉蜜絲忽然抓起鞭子，先伸向後，差一點點打到寸得堯，還是法海使勁推了他一把，讓他跌坐在地才不至於被鞭子揮到！

長鞭自妖獸面前打來，牠吃過鞭子的虧即刻向後閃離，芙拉蜜絲見狀逼前，不讓妖獸接近剛剛踩到的地方！

『妳這丫頭！』妖獸齜牙咧嘴著，『我一定要活活啃光妳的骨頭！』

「啃得到再說吧！」芙拉蜜絲再揮鞭，試圖讓鞭子纏住妖獸的頸子，怎知牠往上一躍，又到了別人家的屋頂上了，真卑鄙！

法海跟著上前，蹲在地上壓住地面，劃上淺笑後，要芙拉蜜絲讓開；纖長的手指撥開黃土，果然看見了一張大蓆，蓋住了地面可能有的大洞。

『不許碰我的點心！』妖獸咆哮著，意圖躍下阻止。

「啊啊啊啊——」寸得堯手持大斧直接劈了過去，鐘朝暐也立刻放箭，但是妖獸不同於鬼獸，行動俐落靈巧，就算鐘朝暐射得再準，牠還是可以輕易閃過！

『區區人類竟敢阻止我！』妖獸突地甩尾，長長的尾巴從寸得堯左邊繞來，他以斧頭擋住，再狠狠一劈，卻撲了空。

江雨晨趁機在妖獸尾巴落地時擲出飛刀，飛刀正中長尾將之釘在地上，雖然所有武器都是法器，但是妖獸似乎並不怎麼擔心，輕易的就拔起長尾。

那邊正在周旋之際，芙拉蜜絲吆喝蘆田太太跟陳醫生上前幫忙把大蓆拉開，一陣煙塵漫天，蓆子被扔到一旁，底下有個大洞裡，竟然是一堆失蹤的孩子！

每個孩子都在沉睡，從胸膛起伏可以確定他們都還活著！

「得把這裡封起來，要不然妖獸尾巴一插，就跟插水果一樣可以揀去吃的！」芙拉蜜絲看著底下的孩子，也看見了潘潘，「潘潘……潘潘也沒事！」

「真是太好了！」陳靖樺喜極而泣，淚水不自禁的滑落。

「現在是高興的時候嗎？剛剛那個自治隊的不是給了妳什麼東西嗎？」法海踢了踢她腰間的包包。

「約翰……啊對！」芙拉蜜絲趕緊從包包裡撈東西，第一個撈出來的是安娜只有一半的臉骨，嚇得蘆田太太花容失色，然後再拿出一捲……藍色封鎖線！

「用這個！」芙拉蜜絲抬頭看見撲倒在地的寸得堯，把封鎖線塞給陳靖樺，「妳們來封，先圍住個洞，再井字形把整個洞口都封住！」

「咦？我們？」陳靖樺有些措手不及。

「對，我去對付妖獸拖延時間。」她一躍而起，「鐘朝暐！你過來幫忙！」

芙拉蜜絲回頭瞥了法海一眼，他只是蹙眉，她知道不能勉強法海做事，所以她也不開口，主動上前甩出鞭子，纏上了妖獸的長尾。

『哼！』妖獸瞪向她，『又是妳！』

餘音未落，牠不管被拉住的尾巴，直撲向芙拉蜜絲，她一躍而起閃過，同時把身上帶著的長鍊佛珠往妖獸身上套去。

『嗚吼——』妖獸一見到加持過的佛珠即刻閃避，朝屋頂再次躍去，而鞭子還纏在牠尾巴上的芙拉蜜絲當下被拖行向前！

咦咦咦！芙拉蜜絲有些錯愕，為什麼這次妖獸沒有被鞭子傷到咧！

「芙拉蜜絲！」江雨晨尖叫著，但是她不敢把芙拉蜜絲的鞭子射斷啊！

妖獸也發現到這一點了，牠刻意躍上再跳下，芙拉蜜絲完全沒有機會拆解自己的鞭子，而且妖獸刻意將尾巴內收，將她吊離地面，然後隨著牠的躍上躍下而撞擊！

「放開芙拉！」江雨晨擲出飛刀，刻意朝著妖獸的臉部去。

但說時遲那時快，牠倏地接住飛刀，然後竟然又射了回來！速度根本快到江雨晨自己都沒看清楚！

咦——江雨晨瞪大雙眼連尖叫都來不及，一股刺痛襲來，她的飛刀穿過了自己的腳踝，將自己釘在了地上！

「啊呀——」好痛！江雨晨看著插在腳踝上的刀子，鮮血如注。

鐘朝暐聞聲急著想去救人，卻被法海一肩壓下。「你好好幫她們把這裡圍上，我去。」

又你去？鐘朝暐完全無法接受，「你是去送死吧！」

法海根本沒理他，從容走去，妖獸將尾巴高高舉起，被撞到七葷八素的芙拉蜜絲依然死握著鞭子不放，側首看著尖叫中的江雨晨，意識到妖獸要朝她下手了！

「姐夫！」她大喊著，人呢？

寸得堯拿著斧頭三番兩次砍不到妖獸就算了，還一直被掃掉，現在才吃力的站起，全身都發疼；聽見芙拉蜜絲的叫喚，看見妖獸自屋頂躍到江雨晨面前，這距離他不敢貿然前進啊！扔出斧頭嗎？寸得堯遲疑著，萬一丟到江雨晨怎麼辦？還有如果被妖獸接住又扔回來不就更慘了？剛剛那飛刀的情況他看得一清二楚啊！

『妳知道人的皮有多薄嗎？』妖獸用四隻眼睛看著江雨晨，血盆大口開懷地咧著，『我撕一條給妳看……』

「走開……哇呀！」江雨晨一動就痛，移動不了，只能看著欺壓上來的妖獸，用那刀刃指甲從她被刀子插住的腳踝開始往上劃，「呀——呀——芙拉！」

雨晨！芙拉蜜絲死命掙扎著，怎耐妖獸的尾巴越吊越高，她整個人就在屋子上頭撞擊。

真是！法海不解的看著芙拉蜜絲，她鬆手不就好了？死拉著鞭子做什麼啊？人類怎麼都會執著在莫名其妙的地方？他隨地撿了幾根廢柴枯枝，在手中掂掂，下一秒在完全沒人注意的情況下，那些枯枝咻的飛了出去！

妖獸其中一雙眼睛驚駭的察覺，騰出兩隻手意圖抓住枯枝，怎知那力道驚人，該是一折就斷的脆枝竟然直接穿過了牠一雙手的掌心，直抵身軀！

江雨晨當下兩眼一翻，竟在妖獸面前暈死過去。

『吼啊——』妖獸被這股力量壓得後退，寸得堯見狀使勁朝牠腹部橫劈下去——鏗的一聲，斧頭竟然砍不進去！

妖獸猙獰發怒，五爪刀刃直接從寸得堯的臉由上而下刨了下去！

「哇啊啊……」血自寸得堯臉上噴出，他直接往後倒去，雙手下意識的想要掩住臉，卻不知應該先遮掩哪個刀口！妖獸的爪子割開了他的臉他的身體，劇痛難耐！

「芙拉蜜絲，妳放手！」法海高喊著。

「可是……」她還在執著！

「我保證妳拿得回來！」他嘆口氣，有時候人類就是很死腦筋！

芙拉蜜絲聞言，倏地鬆開手，從兩公尺的高處咚的落下，姿勢不良落地時有些衝擊，痛得她臀部發麻難以起身，而妖獸已被激怒得忿怒異常，拔出身上的樹枝，直接狠狠的朝江雨晨扔去。

這一切都映在芙拉蜜絲眼裡，但是她距離太遠根本來不及啊！她伏著身子想爬也爬不過去，只見江雨晨忽然驚醒，睜大雙眼，火速拔出身後的長刀，將那樹枝一砍為二，準確俐落得令人瞠目結舌！

而且她還接續的將插在腳踝上的短刀一口氣拔起，然後便直接伴隨著狂吼，往妖獸那邊衝。

「啊啊啊——會痛耶你知不知道！」

嗯？芙拉蜜絲在心底啊了一聲，鐘朝暐也跟著錯愕，柔水雨晨在剛剛的暈倒後消失了！剛剛因為恐懼與痛苦交加嚇到暈倒了對吧？江雨晨的理智神經再度斷掉，關閉所有理性，再度醒來時已經是那個瘋狂暴走的江雨晨了！這樣也好，正常的江雨晨太脆弱了。

圓洞外的鐘朝暐加速手邊的動作，他們已經算是將大洞井字封鎖住了，陳靖樺聽到寸得堯的慘叫，就近的她連忙過去將他往封鎖線裡拖去。

「站不起來對吧？」法海不知何時已經站在芙拉蜜絲身邊了，朝著她伸出手。「鞭子比命重要？」

「沒鞭子很難攻擊啊！」她撐著起身，痛痛痛！

看向江雨晨凌厲的刀勢，她簡直是不要命的在砍殺妖獸，但是不管多快，妖獸的速度還是在他們之上……

望著妖獸尾巴上的鞭子，芙拉心有不甘，但現下還有更重要的事。

「姐夫！」芙拉蜜絲麻痺感消退後，急往寸得堯身邊踉蹌而去，他正躺在地上抽搐著，臉上有直直剖開的三道傷口，刀刀見骨，一雙眼球都已經被縱切為二。

陳靖樺悄悄的望著她搖頭，這不可能有救的！

「救……潘潘……」寸得堯吃力說著話，因為被剖開的臉，所以說話也不甚清楚，「救……噗……」

「我一定救！」芙拉蜜絲緊握住寸得堯舉起的手，卻僅僅只有一秒，寸得堯竟在她面前瞬而被拖走。

咦？芙拉蜜絲倏地回身，妖獸用尾巴尾端插進寸得堯的小腿，直接將他拖離，江雨晨早被鐘朝暐阻止拉回，要不然她會因為砍殺妖獸未果而力竭身亡！

「放開我！你他媽的敢傷我，我的腳會痛你懂不懂啊！」縱使被鐘朝暐架著，江雨晨還在叫囂，「妖獸了不起啊，看誰剝誰的皮！」

妖獸尾巴上穿刺著寸得堯晃盪，牠躍上了鄰近的樹，用健全的手扣著樹幹，怒不可遏的看著自己身上的傷跟掌心的洞，惡狠狠的瞪著其下所有人。

接著牠將尾巴一捲，讓寸得堯橫在眼前，『好玩的遊戲開始了……』

餘音未落，妖獸拉起寸得堯的右手，冷不防的削下他的手掌。

「哇啊啊——」寸得堯痛苦的大喊著，但是妖獸還沒完，牠繼續每十公分切下一圈手臂，一圈一圈的肉塊就這樣從樹上掉下來，每一塊都可以聽見寸得堯不絕於耳的慘叫聲，芙拉蜜絲第一次由衷的希望姐夫快點斷氣啊！

他應該要死了吧，快點死啊！因為不趕快死的話，妖獸的凌虐不會結束的！

『闖入我的地盤、干涉我的事、要不是你們有那些什麼闇行使的幫忙，你們人類哪能活到現在？』妖獸張開大爪，朝寸得堯的肚子裡刺去，亂攪一通，鮮血濺得牠滿臉都是。

只是，終於沒有再聽見寸得堯的慘叫聲了，陳靖樺不忍卒睹，掩面不敢直視，蘆田太太根本看傻了眼，腸子內臟砰的從樹上扔下，妖獸在切斷他的大腿骨後，似乎也發現了尾巴上的人已經死了。

『不會叫就沒意思了。』牠興趣缺缺的將寸得堯的屍身從尾巴上扯開，任其自高處墜落。

砰！妖獸所在最少十幾公尺高，所以屍體落下來時，寸得堯的後腦勺炸開了血花，頭骨盡碎。

姐夫！芙拉蜜絲激動想上前，卻被法海扣住身子，現在誰衝過去，無疑就是進入妖獸的攻擊範圍，牠現在興致正高，應該已經想好下一種凌虐人的方式，就看哪個傻子自投羅網了。

雖說，對妖獸而言，製造恐懼與看著他們受傷逃亡，是更大的樂趣……因此法海明白，他的 Tea-Time 鐵定是泡湯了，這不是一時半刻能結束的。

接著從樹上掉下來的是鞭子，對妖獸而言，那是沒用的東西。

芙拉蜜絲緊咬著唇看著在地上的屍體，雙拳握得死緊，指甲都嵌入了掌肉內，太過分了，這樣凌虐人類究竟有什麼意義！

「啊啊啊……我不要待在這裡！」蘆田太太忽然哭了起來，「這不是我要的，我要離開！放我走！」

『每個每個！我都要開腸剖肚，然後你們得看著我怎麼享用美味的小孩。』妖獸得意的大笑著，『誰都別想離開，全部都是！』

噹——噹——噹——鏗鏘有力的鐘聲突然想起，在林子裡傳著迴音，芙拉蜜絲顫了一下身子，這種敲法與聲音……是妖獸來襲？

「啊哈！就算你再厲害，人多的話看你怎麼辦！」江雨晨得意的朝上喊著，「聽見沒有，妖獸來襲，你等死吧你！」

鐘聲沒有停止，由近而遠，就像平常他們傳遞訊息一般，陳靖樺跟蘆田太太步步驚退，她們惶恐的看著鄰近的屋子們，鐘朝暐也感覺到無數目光襲來，隱隱約約的，還可以聽見鐵器互擊的聲音。

「法海，好像不對……」芙拉蜜絲下意識往他身邊靠，「我覺得怪怪的，有殺氣。」

「真敏銳。」法海點了點頭，「看來得想個辦法速戰速決了。」

喀啦——喀啦喀啦，開門聲接二連三的傳來，讓所有人大驚失色，附近的屋子門不是推開就是打開，然後一個個居民都走了出來。

真是熟悉得很，個個渾身染滿鮮血，乾瘦枯槁，缺臂斷腳，手持鏽蝕的武器走了出來。

「血人？」鐘朝暐不可思議的喊著，這些人剛剛不是在樹林的另外一端嗎？

蘆田太太發出驚叫，慌亂的朝中心躲去，她們的身後……不，根本是四面八方，全部湧來了血紅的人們！

「不不不，不該是這樣的！」蘆田太太抱頭大叫的，「不關我的事，不關我的事啊！」

『妖獸！入侵者！』血人大喝著，『居然有這麼多隻，殺！格殺勿論！』

『殺——保護我們的家園！』

這麼多隻？芙拉蜜絲一怔，看著自己再數數人頭，媽呀，他們什麼時候變成妖獸了？

『殺掉牠們！牠會害我們滅村！』頭頂的妖獸還敲著邊鼓，『快點把妖獸全部殲滅！』

為什麼！芙拉蜜絲瞠目結舌的看著衝來的血人，如果這些是當年的村民，那怎麼會把他們當妖獸呢？人死了腦子就不靈光了嗎？

「快走！」芙拉蜜絲拉著法海往中心跑去，「大家鑽進封鎖——咦？」

她看著封鎖線圍起來的區域，洞外圍成一個四方，中間的洞上呈十字交錯的將洞口緊緊封住，問題是——外頭的四方線根本緊鄰著洞口啊，哪有多少空間可以躲人！

「這哪個天才圍的！至少要留給我們躲藏的空間啊！」芙拉蜜絲腦子都快炸了，感覺到身後的血人逼近了。

鐘朝暐一陣錯愕，剛剛那個是、是他封的，但是他接手時外圍就封好了啊！他沒想這麼多啊！

她拔出短刀回身，法海卻已經更快地為她擋下第一個拿著鋤刀劈下的血人，赤手空拳扭斷對方的手，朝著其他血人扔去！

血人是腐朽的肉體，很容易折損，前提是不能被它們傷到。

血人冷不防的抓住鐘朝暐欲拿箭的手，竟張大嘴要咬下，江雨晨雙手握刀，直接一刀橫劈過去，自它們的鼻樑處橫刀劈開，上半部的頭顱瞬時一一飛去！

「還有封鎖線嗎？」芙拉蜜絲一邊跑一邊朝自己的鞭子去。

「沒有了啊！」陳靖樺邊尖叫著，一邊拿著寸得堯的斧頭亂砍亂劈，蘆田太太原本就是伐木高手，斧頭使起來還算得心應手！

江雨晨暴走後就不需要擔心了，只見長刀無敵，她一邊怒吼一邊砍血人，還會一邊責怪對方長得太恐怖讓她嚇到。

「你嚇到我了！啊啊啊，很可怕啊！」她橫劈一個縱劈一個，後頭撲上偷襲的血人，她都能扣著對方拿背去撞樹了。

芙拉蜜絲拾起鞭子，不忍的看了寸得堯一眼，姐夫的屍體等等再處理了。

她拿著鞭子橫掃，為自己面前清出一段距離，但是既然叫萬人林就代表近一萬人啊，他們根本無從對付起！

樹上傳來欣賞的笑聲，那妖獸根本是故意的！

錯亂的靈魂們，誤以為他們是妖獸，必當拚命想將他們殺死……必須想辦法解決這些純粹為了守衛家園的血人。

可是這次究竟怎麼回事，武器對抗妖獸全數沒用，大家的武器都有咒文，為什麼對付妖獸效力減低？連她的鞭子也時好時壞……是不是咒語錯誤了，還是……咦？

芙拉蜜絲突然想到了什麼，耳邊似乎聽見誰在大吼，當她錯愕轉身時，看見三具血人各持武器，朝著她劈砍下來。

「芙拉蜜絲——」那是鐘朝暐的聲音，然後咻咻咻……三支箭同時射穿了血人的頭部，紅色的血立刻焦黑乾涸，緊接著血人從頭開變成枯骨，脖子、肩膀……

「牠們是靈魂啊！這樹林再邪，牠們還是靈體！」芙拉蜜絲倏地大喊，「咒語跟佛珠就能鎮住牠們！」

雖說用武器也可以，但是一萬多個人是要砍到什麼時候啦！

「法海！掩護我！」芙拉蜜絲大喊著，根本也沒管法海到底有沒有在附近。

這女人真的很會使喚人對吧？一直隱匿在林子裡的法海喃喃抱怨，他原本就想待在這裡清閒一下，等危急時再出去就好了！

一個個血人掠過他都視若無睹，因為他在牠們眼裡，不是入侵者，呵。

唉，芙拉蜜絲立刻從自己的背包裡拿出佛珠、佛像，保衛家園的血人們急欲衝上，鐘朝暐拉開弓才要掩護她，但身後攻來的血人讓他根本自顧不暇，只得扭身向後，射出保護自己的箭矢！

而手拿著刀槍棍戟，躍起朝著芙拉蜜絲劈下的血人們，在即將劈下那瞬間，在空中一秒成灰，啪沙的全數飛去！

接下來靠近她周圍的血人盡數如此，但是忙著擺陣她根本沒留意，鐘朝暐跟江雨晨忙著求生，但是蘆田太太跟陳靖樺都看見了，她們倆早已躲進了封鎖線的內圈內，範圍的確是很窄，但是她們拚了命的站在線後，血人根本不敢貿然攻擊。

那個芙拉……怎麼有詭異的力量？能讓血人不近身呢？

「大家唸咒！」芙拉蜜絲往地上插上三炷香，卻遍尋不著打火機……唉，火咧？她的包包裡應該有的啊！

啪，法海又悄悄來到她身邊，指尖上跳躍著火苗，點燃了三支香，芙拉蜜絲雙眼亮著光芒，立刻手打結印，開始唸起他們最熟悉的安魂咒！

這不只能對付無主魂，鎮上有人出殯時，都得唸上幾輪，現在哪個時候不死人，一天到晚在唸安魂咒，大家根本倒背如流！

法海沒唸，他怎麼可能唸那種東西，而是抬起頭望著不悅的妖獸，然後看著為家園奮鬥的血人們一一化成紅色的灰，嘴裡還在問著為什麼。

真是可憐，當年被非人所滅，現在被妖獸控制，然後又得再被滅一次！只是牠們得慶幸至少芙拉蜜絲選的是安魂咒，或許能安定牠們的靈魂，指引牠們該去的方向。

前提是，掌控這塊地並浸以毒素的罪魁禍首，必須要解決掉。

原本江雨晨是邊砍邊唸的，但是當咒語一旦生效，眼前的血人就在哀嚎中化成灰燼，沒有再動手的必要；鐘朝暐身上有些劃傷，不成大礙，但是精神的壓力讓他幾乎喘不過氣。

他突然有點理解江雨晨為什麼會暴走的原因了。

四周漸成一片平息，芙拉蜜絲睜開雙眼，頭一件事不是注意血人是否盡數成灰，而是看向兩點鐘方向的上空，那頭依然猙獰訕笑的妖獸。

「我知道為什麼我們這次都對付不了牠了。」芙拉蜜絲起了身。

「為什麼？」鐘朝暐急切的想知道，他每一根箭矢全是祝禱過的啊！

「第一個，應該是我們的武器大部分都是用來傷害鬼獸的，專門對付妖獸的東西本來就不多。」芙拉蜜絲最痛恨的，是第二點，「其次，是因為妖獸已經有了準備。」

「準備……」蘆田太太嚥了口口水，「什麼準備？」

「例如，早就知道我們有些什麼，牠就可以進行防禦。」芙拉蜜絲轉了一百八十度，朝著蘆田太太身後的林子裡高喊，「躲在那裡的人，可以出來了吧！」

一直以來，都是有「人」在其中破壞，破壞封印破壞結界，鬼獸妖獸才能恣意的在鎮上亂竄殺生，甚至有人幫忙偷走孩子；因此，那個「人」要告訴妖獸他們用的法器上是什麼樣的咒語及防備能力，更不是難事。

沙沙……蹣跚的步伐踏出，歪歪斜斜，女人披頭散髮，身上裹著一件灰綠色的斗篷，發抖著探出一顆頭。

「都、都殺光了嗎？嘻嘻……」她笑了起來，「孩子呢？」

「幹！」江雨晨瞪大雙眼，「瘋媽！」

第十一章

「嘿……嘿嘿！」瘋媽踉蹌而出，緊揪著斗篷，「孩子呢？孩子……」

「妳怎麼在這裡？一路跟著我們嗎？」鐘朝暐完全不敢置信，「芙拉，妳帶她來的嗎？」

「怎麼可能，她原本跟著我到萬人林外，我趕走她之後才進來的，我親眼看著她背對著我離開——所以我才對她在這裡感到奇怪！」芙拉蜜絲不可思議的看著瘋媽，「妳怎麼經過外頭那些血人，又是怎麼到這裡來的！」

以普通人來說幾乎不可能，更別說瘋媽什麼都不會，武器或是技能均無，根本沒幾秒就會被那群血人解決掉，不可能會出現在這裡！

自始至終，她都一直認定鎮上有內鬼在幫妖獸，但是她一直很信任瘋媽的啊！

「好哇，就是妳把孩子偷來給怪物？」江雨晨氣急敗壞的掄起刀就往瘋媽這邊走來，「虧芙拉蜜絲幫妳說了多少好話！妳這殘忍的傢伙！」

江雨晨直接擎刀就作勢要砍下去，芙拉蜜絲連忙出鞭鎖住她的手與刀柄，向後一扯，而瘋媽啊啊的往蘆田太太那邊躲去，卻立刻被狠狠的推開。

「我就說是她吧！你們就不信我！」蘆田太太尖銳的叫著，「就是她偷孩子的！」

「沒有沒有，我沒有！」撲倒在地的瘋媽慌亂的搖頭，「孩子是寶貝，是寶貝！」

鐘朝暐怒氣沖沖的瞪著瘋媽，如果可以，他也很想一箭射死她，但是這不是解決之道，堺真里大哥說的，法律是有其用處的，而且孩子們現在也還沒事，他的弟弟還在洞底呼呼大睡。

「為什麼？我知道妳失去過孩子，但是把孩子偷來給妖獸又是為什麼？」芙拉蜜絲上前壓下江雨晨的刀子，對她搖了搖頭。

她剛剛感覺到有人逼近時就覺得不對勁，怎麼可能有人能進到這兒來？結界另一邊狀況不佳，約翰那樣經驗老到的自治隊員都已經喪生，血人仍在，若不是跟妖獸一掛的人，斷不可能通過血人陣的啊！

「啊啊……孩子！」趴在地上的瘋媽看見了洞連忙跑過去，「孩子孩子！」

「妳走開！」陳靖樺氣得上前擋住她，抓著她的斗篷往後拖，「妳沒資格碰這些孩子！」

瘋媽被往後拖去，滾了好幾圈，眼神卻依然煥散，蘆田太太氣忿難耐的上前一頓狠打，阻止她靠近孩子的洞口。

「只有我覺得她演很大嗎？」鐘朝暐皺起眉，他不喜歡這種平靜，妖獸不可能被區區安魂咒解決掉。

「妳是不是見不得別人有孩子！才這樣做的！」蘆田太太又踢又踹，陳靖樺揪著雙手頹坐在洞口，一臉不可思議。「芙拉蜜絲，她一定跟妖獸掛勾，絕對……」

「這麼肯定？」法海幽幽出聲，「我知道妳懷疑偷孩子是人為，破壞結界也是人為，但是這瘋女人——」

「她一直都有誘拐孩子的習慣，我以前只當她是因為神智不正常，可是你自己看——她能跟蹤我們進來，她離我好大一段距離的！」芙拉蜜絲緊握著鞭子上前，來到瘋媽身邊，「連我剛剛都要你的幫助才及時脫離血人，她一個什麼都不會的人怎麼可能！」

瘋媽哎唷哎唷的護著頭，然後竟往前爬著抱住芙拉蜜絲的腳，「我沒有，我來找孩子，孩子妳找到了嗎……」

「找到了也不會還妳！」芙拉蜜絲用力想把瘋媽踢開，但是她卻死抱著不放，「放開！」

「瞧瞧妳說話的語氣。」法海也走上前，帶著笑意，「跟那天鐘朝暐的語氣有什麼兩樣？」

咦？芙拉蜜絲怔然的看著法海，他是什麼意思？他現在站在瘋媽那邊嗎？如果瘋媽不是跟妖獸一夥的，該怎麼解釋她如何跟蹤他們到這裡來的！

「殺了她！」蘆田太太揪起瘋媽的斗篷，「這種人沒什麼好說的了，罪大惡極！」

殺？芙拉蜜絲看向怒不可遏的蘆田太太，她對瘋媽一臉深惡痛絕，一旁的陳醫生更別說了，這些孩子她視如珍寶，瘋媽如此拐騙孩子送給怪物，更是不能接受。

「啊啊啊，我沒有啊……」瘋媽歇斯底里的吼著，「是別人吃掉的，吃掉的！我沒有！」

「吵死了，要殺還是不殺？」江雨晨不耐煩的說著，「拖拖拉拉的快點決定好不好。」

「好好好……」暴走後的雨晨超級沒耐性的，芙拉蜜絲邊安撫她邊將她往後扔給鐘朝暐，省得她一煩等等又亂砍一通。

「我不認為我們可以做這種私刑。」鐘朝暐開了口，「就算我對於她把孩子拐來非常痛恨，但是殺了她我們就是殺人。」

「你們傻了嗎？像她這種人只要繼續裝瘋賣傻，回到鎮上法律也無法對她怎樣，大家都會用她精神不正常去為她開脫！」蘆田太太尖聲喊著，「妳不就是個顯著的例子嗎？芙拉蜜絲！」

如此激動的蘆田太太，那神情猙獰得讓人驚訝。

芙拉蜜絲做了個深呼吸，悄悄的瞥向法海，法海正斜眼睨著蘆田太太，嘴角揚起微微的笑，帶著玩味與看戲的成分居多；他知道什麼，卻什麼都不說，可是那樣的神情已經證實了她的想法，以及剛剛那一閃而逝的畫面並非錯覺。

「好了。」芙拉蜜絲竟伸手將瘋媽攙起，往旁邊拉開，「有什麼事也是要經過律法。」

「什麼？」蘆田太太一臉錯愕，「你們這些孩子……」

「妳怎麼這麼急著殺她？」芙拉蜜絲轉向蘆田太太，「妳太急了，蘆田太太。」

嗯？陳靖樺正首，下意識退後了幾步，遠離了蘆田太太。

「打從一開始妳就常針對瘋媽，巴不得大家把矛頭都指向她，那天在廣場的事我當然沒忘，若非我出面跟妳槓起來，不然妳就一直想置瘋媽於死地。」芙拉蜜絲定定的望著她，「再仔細想一想，妳為什麼會到這裡來？」

「……芙拉？」陳靖樺戰戰兢兢的說著，「蘆田太太是因為有孩子被拐走，她覺得自己該負責……我也是，而且我擔心孩子們的狀況，所以我們決定進來找！」

「不是。」芙拉蜜絲直覺的否定，「……約翰臨死前跟我說，他進萬人林是因為：蘆田家空了。」

空了？江雨晨跟鐘朝暐明顯對望一眼，「因為蘆田太太出來了吧？」

「……」陳靖樺退得更後面了，她微顫著身子看向蘆田太太的背影，大家都知道，今天、就算是假日，還是有媽媽需要在忙碌之餘託蘆田太太看管孩子的……

空了，是什麼意思。

「蘆田太太專門到萬人林伐木對吧？勇敢堅強的母性，我們都很佩服，一個人養育七個孩子。」芙拉蜜絲喉頭緊窒，「但是，來這裡終究有風險。」

不知道什麼時候，會遇上什麼怪物。

「現在是怎樣？一屋子都空，是說她今天顧的小孩都一起不見了嗎？」江雨晨不爽的揮舞著長刀，「陳醫生，妳遇到這女人時她怎麼說？遇到她時有孩子在身邊嗎？」

陳靖樺驚懼的搖搖頭，她對江雨晨也有點畏懼，那溫柔如水的雨晨現在超級像流氓，臉上還有血。

蘆田太太低垂著頭，芙拉蜜絲並非胡亂猜測，因為剛剛在蘆田太太拚命喊著殺掉瘋媽時，自己露了餡……她顯露了猙獰的另一面——她的臉上還有另外一張臉。

僅僅數秒的閃爍，她還是看見了，一清二楚！

「哼……哼哼……」蘆田太太低低的笑了起來，「什麼嘛……小小的女娃……」

她抬起頭直起身子，臉頰上卻開了另一張嘴，神情變得扭曲奸惡，對於芙拉蜜絲的識破，感到非常非常的不爽！

「魑魅嗎？」法海挑了眉，將芙拉蜜絲拉離她身邊。

「為什麼要礙事？」蘆田太太忿忿的瞪著法海，說話的卻是臉頰上那第二張嘴，「妳為什麼不殺了她啊——」忿力一指，蘆田太太指向瘋媽，「我多希望你們殺掉她啊，大家相互猜忌、互相殘殺……這是多痛快的一件事啊，為什麼不殺啊！」

這就是魑魅，魑魅族唯恐天下不亂，牠們最喜歡挑撥離間，讓人們相互殘殺，自己就像在台下的觀眾，欣賞親手導演的戲碼；而魑魅族都偏妖類之屬，法力高多了，潛入結界更加輕鬆，尤其——牠們最愛藉由人體潛入。

每當牠們逮到人後，會跟人類條件交換，只要人類願意與之靈魂合而為一，牠們就保人不死！

偏偏，人類十之八九都不願意死於非命，大家多半都會願意啊！之前的同學小乾就是在臨死之際點頭答應了魑魅！

「蘆田太太遇上魑魅了嗎？」鐘朝暐擎起弓，這可是最令人防不勝防的妖類！

蘆田太太高傲的昂起頭，斜眼睨了陳靖樺一眼，她驚恐的退後著，手上的斧頭沒有鬆開過。

「所以是妳偷走孩子嗎？」芙拉蜜絲只要這個答案，「魑魅跟妖獸合作？」

餘音未落，後頭突然一股殺氣襲至，芙拉蜜絲驚恐的回身，其他人根本都還沒反應過來，就見妖獸怵然現身，尾巴橫掃，直接打上江雨晨跟鐘朝暐，接下來揮向芙拉蜜絲！

「啊——」兩個同學被狠狠掃向一旁的大樹，但是法海飛快地上前將芙拉蜜絲拉在身後，一伸手就擋下了妖獸之尾。

連碰都沒有碰到，幾吋的距離，硬是讓尾巴受阻，妖獸踉蹌了兩步！牠八雙黃眼怒目瞪視著，下一秒立刻朝前奔來。

「別動。」法海低聲說著，根本不必他交代，現在她也動不了啊！

兩張大嘴同時嘶吼撲上，法海在空中劃了一個圓，手勢像是輕輕向外一推……妖獸竟然整隻飛得老遠，連聲撞斷了好幾棵樹！

哇、塞！芙拉蜜絲根本瞠目結舌，法海不是普通的厲害，是超級厲害吧！從剛剛到現在……不，連同上一次的對戰，他每次都不需要碰觸到妖獸或鬼獸耶！

『妳這個女娃，到底是什麼人！』妖獸再次衝出，指著芙拉蜜絲大喊。

她？芙拉蜜絲怔然的望著妖獸，這不關她的事啊，從頭到尾都是她面前這位美男子動手的喔，這誤會也太大了吧！

江雨晨他們雙雙被打落在右手邊的樹旁，正痛苦的在地上哀鳴，芙拉蜜絲急著想過去探視，但是身後的斧頭聲讓她驚覺得回身——蘆田太太已拾起她吃飯的傢伙，猙獰的朝著她背後砍來，

「滾開！」芙拉蜜絲鞭子啪啪連鞭兩下，蘆田太太尖吼著後退！

「啊啊啊——」她的臉跟手頓時都燒成焦黑，「妳的、妳的鞭子上有對付我的咒語！」

「因為我之前遇過另一個魑魅了，早就有準備了！」芙拉蜜絲瞥向在旁瑟瑟顫抖的瘋媽與陳靖樺，她們兩個都離蘆田太太過近了。

『愚蠢的魑魅，還說有什麼好戲可以看！無聊！』妖獸咆哮著，竟往江雨晨他們那邊去，『我來讓妳見識一下，什麼才叫作好戲！』

咦！芙拉蜜絲慌亂的瞥了法海一眼，「幫忙啊！只有我一個怎麼顧全全部！」

「我好像從來就沒說要幫忙吧！」法海沒好氣的望著她，「要不是你們吵到我喝下午茶，我根本懶得出來！」

「法海！」芙拉蜜絲怒火中燒的吼著。

妖獸來到痛苦躺在地上的江雨晨面前，舉起手打量著，彷彿在想著要從哪裡下手好。

『我最喜歡女孩子了，女孩子尖叫比較好聽，比男生好聽多了！』妖獸逼近著江雨晨，『小女孩，有張漂亮的臉呢，我們撕下這張臉皮看看妳是不是還一樣漂亮呢？』

芙拉蜜絲放棄跟法海僵持，回身先奔向瘋媽，不讓她太過接近蘆田太太；而妖獸滿腦子

只顧著怎麼凌虐人，連算數都不會了——沒發現鐘朝暐不在。

「再怎樣都比你好看吧。」冷不防的，樹後站出鐘朝暐，他的箭尖距離妖獸只有不到五公分的距離。

而且在他開口時，同時鬆開了手。

地上的江雨晨倏而坐起，長刀往妖獸的胸膛裡刺去——「撕誰的皮媽的你這張臉映在我面前噁心死了，你不知道我會害怕嗎我討厭讓我會怕的東西！」

『吼喔喔喔喔——』雙箭穿過妖獸兩隻眼睛，胸前的長刀刺得忒深，遺憾上頭的符文咒語對妖獸的傷害力極小，雖致傷，但不可能因此解決掉妖獸。『你們這些人類！』

妖獸雙手使勁朝兩個學生推去，利爪同時刺進他們的身體，閃避不及，兩個人胸口及手都濺出鮮血，往後被推了幾公尺遠。

妖獸忿怒到極點，胸前被長刀捅了個洞，兩隻眼上插著鐘朝暐的箭，輕鬆的折斷箭尾，六拳緊握的再度要步向負傷的人們。

芙拉蜜絲沒辦法全心照顧瘋媽，她必須要先去幫雨晨，可偏偏此時噠噠足音響起，響亮而碎小，聽起來不像是大人的聲音。

還有人？芙拉蜜絲緊張的望著聲音的方向，這時候能進來，是人？是血人？還是——

黑暗中奔出金色捲髮的男孩，他氣喘吁吁的拿著一塊甜甜圈，筆直朝著法海奔去。

「哥哥！」

哥哥？芙拉蜜絲瞠目結舌的看著亂入的男孩，金色捲髮、白皙皮膚，圓圓的臉超可愛的年紀，目測七歲？八歲？這就是安娜要她找的男孩嗎？問題是他叫法海哥哥是哪招！

「啊啊！男孩！那個男孩！」瘋媽激動的衝出來，「他看見了，他看見了！」

男孩有些驚愕的看著衝過來的瘋媽，趕緊奔向法海身邊，等到他轉了半身，看見妖獸時，甜甜圈啪的落在地上。

「你也真會選時間。」法海將男孩護在懷裡。

「你弟弟？果然是你弟弟！」芙拉蜜絲尖喊出聲。「你早知道妖獸在這裡了，因為他看見安娜他們被吃了！」

天哪！芙拉蜜絲想到讓一個孩子看見妖獸吃人？這是多殘忍的畫面啊！

「又有小孩？」蘆田太太不知何時已經繞到了洞旁，陳靖樺緊張的繞著圓跟她對峙，「真好，小孩子都很好吃！」

妖獸的注意力被男孩轉移，對於負傷的鐘朝暐他們暫時不看在眼裡，貪婪之色溢於言表，長長的舌舔著，牠非常想吃那個男孩。

『真可愛，細皮嫩肉的……』妖獸朝著男孩步去，雙眼緊盯著不放，『居然沒偷到這樣的孩子……』

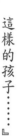

芙拉蜜絲好不容易才拉回瘋媽，回頭看陳靖樺正謹慎的看著圓洞對面的蘆田太太，蘆田太太視線盯著洞口，封鎖線對魑魅是沒有作用的，尤其牠有一半還是人！

遠遠的，她看見江雨晨鮮血淋漓的手臂，剛剛千鈞一髮之際，她是用手擋下妖獸的推擊，鐘朝暐卻胸口滲血，幾乎是倚著樹幹喘息。

朝暐可能正在心裡罵髒話吧！芙拉蜜絲邊想著一邊把背包裡的金刀拿出來，繫上鞭子尾端，好不容易傷才好立刻又受傷，朝暐應該氣死了！

「給我吃一個孩子吧！」蘆田太太唰啦的抓開了呈井字形的封鎖線，「能吃當然選小孩啊！吃誰呢？」

她幽幽看向撐起身子的江雨晨，挑起一抹笑，臉頰邊的嘴裡吐出超級長的舌頭，朝著洞穴裡伸去。

「住手！」陳靖樺尖喊著，拿著斧頭跑向她，「不許妳碰這些孩子。」

「江雨晨，就選妳妹妹吧！」蘆田太太開心的用舌頭捲起一個孩子，雙眼瞪向衝過來的陳靖樺，她被嚇得止步。

「媽的八婆，不許妳碰我妹！」江雨晨扶著樹幹起身，高舉起刀子，就要直接過去！

後頭的鐘朝暐吃力抓住她的腳，「妳要射準啊，萬一射到陳醫生就麻煩了！」

「我管他這麼多！」江雨晨怒吼著，「要被吃的又不是你家人！」

她踢開鐘朝暐才要邁開步伐，說時遲那時快，妖獸竟大跳兩步直接來到蘆田太太身邊，蘆田太太驚愕的抬首往身邊只瞥了一眼，妖獸一把罩住她的頭，二話不說就擰了下來。

「啊啊啊——」靠近蘆田太太的陳靖樺嚇得花容失色，雙腿一軟跌地，連連後退著。

蘆田太太被擰下的傷口如噴泉般血湧而出，妖獸將頭顱捧到眼前看著，不爽的哼了一聲，『誰准妳碰我的食物？』

牠將頭扔於地，大腳踩下，還因為一時踩不碎，使勁地在上頭踩了好幾下，直到臉骨迸裂與土為平為止！

然而，蘆田太太並沒有倒下，她反而站了起來，準確的節節後退，還能伸出手指向妖獸咆哮，「你居然敢傷我！」

『我可是不挑食的！』妖獸直接撲向蘆田太太，擁有人形的蘆田太太根本行動無法自如，立刻就被妖獸捕獲。

妖獸以尾巴叉過了蘆田太太的胸口，將之高高舉起，然後緩慢的切開她的皮肉，江雨晨已經拉著鐘朝暐往樹後躲藏，現在這種情況，應該別出去當替死鬼會好一點。

「啊啊啊——」蘆田太太的聲音不變，慘叫的抽搐著，鮮血啪噠啪噠的滴下。

就算是半人半魑魅，牠們終究還是一體，人類的痛，魑魅也感受得到！

『一層兩層三層……』妖獸用指尖撬開割開的皮肉，真的一層一層剝開……人的表膚透明的，然後薄薄的皮膚，接下來是肌肉……

妖獸的刀刃指甲銳利且薄，可以慢慢的削下、挑起，唰的撕開！

「呀——哇啊！你住手！」蘆田太太痛得抽搐，全身抖動不已。

芙拉蜜絲焦急的跑到法海身邊，摀住小男孩的雙眼，法海還低頭不解望著她，他怎麼忘記不該讓男孩看見這種東西？小男孩一開始還想反抗，但是在芙拉蜜絲的「強烈」要求下，乖乖的站著不妄動了。

最後，他們看見蘆田太太像脫衣服般被扒開的胸骨、內臟，還有裡面另一個乾癟的蘆田太太？

那就是魑魅嗎？芙拉蜜絲有些目瞪口呆，她從來沒有見過魑魅，還是說裡面那個才是蘆田太太？

『小女孩。』妖獸突然轉向偷看的江雨晨，『等等我們也來玩一樣的遊戲吧……後面那個站不起來的男孩，我會先挖出你的眼睛，補我的眼睛……嘿嘿……哈哈哈哈！』

然後，看向了芙拉蜜絲。

什麼話都不必說，芙拉蜜絲彷彿可以感覺到她會受到「最特別」的禮遇，因為妖獸最討厭她。

妖獸開始活活折斷蘆田太太的肋骨，血紅的骨頭還在體內，一根根從中折斷時，同時牽扯著肉與神經，這當然是凌虐，芙拉蜜絲知道妖獸很殘忍，她不敢想像蘆田太太受到的痛苦，聽著這迴盪不已的慘叫聲……

當年，弟弟也是這樣呼救無人的嗎？不不不，現在他們都在啊！

「不要去。」法海忽然按住她的肩頭，「跟魑魅結合的人是沒救的，妳不必去送死。」

芙拉蜜絲顫抖著，她選擇別過了頭，是，那是魑魅，可是慘叫的聲音還是蘆田太太啊！

妖獸喜歡慘叫聲，滿足地用指甲挑出了中間的蘆田太太，硬是將她從體內拔除，那像是剝除靈魂般的動作，乾癟的蘆田太太身上有著無數條神經血管與本體相連，淒厲的慘叫聲讓人再度祈禱她能快點斷氣，快點斷氣啊！

妖獸收回尾巴，上頭的鮮血濺了後頭的江雨晨跟鐘朝暐一臉，妖獸用指尖叉著迷你而乾癟的蘆田太太，張大了嘴，得意的往嘴裡送。

『魑魅啊……』

同時間，芙拉蜜絲覺得她搗著的小男孩好像也嚥了口口水？！

妖獸沒把魑魅一口氣吞掉，牠用那尖牙硬是將她撕成三份才吃乾抹淨，嚥入腹中，露出一抹奇妙滋味的神情。

『愚蠢，能操弄人類不代表能操弄我。』妖獸下一秒，看向的是近在咫尺的陳靖樺。

糟糕！鐘朝暐忍著想拉開弓，但是胸口的傷實在太疼了，完全施不上力，江雨晨見狀，二話不說就衝出去，同時扔出自己的長刀，然後再拖過坐在地上的陳靖樺。

「醫生！」江雨晨手快痛死了，她拉不起來啊，「起來啊！啊啊——」

須臾兩秒，長刀重新飛回，竟插回江雨晨另一隻沒受傷的腿，筆直插進小腿肚裡，她痛得慘叫，整個人瞬而趴在陳靖樺身上！

「雨晨！」芙拉蜜絲衝了過去，沉重的鞭子讓她一時難以控制方向，打上了樹卻錯過了妖獸，還差點傷及鐘朝暐

「喂！」鐘朝暐一臉驚恐，剛剛飛到頭上那柄刀是怎麼回事！「不準就不要用啊！」

背對著她的妖獸連頭也不回，只消用尾巴朝著芙拉蜜絲擊去，就夠她疲於奔命的了！

天哪！鞭子太難甩了！她忿怒地無法自在使用鞭子，自己還得閃躲那尾巴，鞭上的刀子到處亂竄，嚇得鐘朝暐趕緊躲到樹後，他一點都不想「出師未捷身先死」！何況還死在同學亂揮的刀下就太冤了！

「陳醫生！我拜託妳振作點！」芙拉蜜絲大喊著，急著想拆掉刀子，「快走啊！」

「芙拉蜜絲。」法海的聲音傳來，「冷靜，別忘了手感。」

什麼？她節節敗退，退出了妖獸尾巴攻擊的範圍，法海是要她不能拆掉這刀子嗎？為什麼！她連妖獸都打不中，然後都快把其他人殺掉了啦！

法海綠色的眸子彷彿閃閃發光，瞥了妖獸一眼，似乎叫她再試一次。

再試一次……耳邊都是江雨晨的咒罵聲跟尖叫聲，長刀穿過小腿都釘進了土地裡，江雨晨正劇痛叫她怎麼冷靜！

「我的腳！啊啊啊啊！」江雨晨雙手抓著陳靖樺的肩，「妳這女人快點幫我把刀拔出來！」

陳靖樺瞪圓的眼望著她，忽而一笑，「為什麼要？」

咦？江雨晨怔住了，爬出來的鐘朝暐也愣住了，唯獨遠遠後方的芙拉蜜絲沒聽見，她正重新調節呼吸，再次揮動繫著刀子的鞭子。

唰——這一次，刀尖掃過尾巴一部分，卻有橘光閃爍。

『吼——』妖獸猛然發出吼聲，倏地回身收起尾巴。

咦？有效？芙拉蜜絲還傻在原地，妖獸已經直接把地上的碎石碎木全往她這邊掃過來了！

「哇啊……」芙拉蜜絲只能蹲下，改成以背迎向著攻擊，至少不要攻擊到正面！

只見法海從容不怕地把弟弟往瘋媽那邊推去，一把抽過瘋媽身上的斗篷，直接就朝芙拉蜜絲面前扔去，斗篷以旋美之姿飛到她身後，輕而易舉的擋下所有亂石攻擊，這讓妖獸完全不敢置信，因為這些東西應該要穿過斗篷才對啊，怎麼可能穿不過？

斗篷掉在芙拉蜜絲頭上，她啊呀一聲急忙拉下，看見是灰綠斗篷怔了一下。

瘋媽的？抬頭往十一點鐘看去，瘋媽正緊緊護著很想掙扎的男孩。

『到底是誰！』妖獸低吼著，『各人有各人的地盤，為何妨礙？！』

法海優雅走來，朝芙拉蜜絲伸手一骨碌拉起她，指指她的後方，現在不是發呆的時候。

她轉過身子，看見的卻是站起身的陳靖樺，正緩慢的繞過江雨晨，手拿著寸得堯的斧頭在地上拖著，走近了鐘朝暐；鐘朝暐簡直不敢相信自己的雙眼，因為走來的陳靖樺雙眼如此冰冷，他難以承受。

『慢著！妳一刀劈死就失去樂趣了。』妖獸謹慎的後退，看著自己有裂口的尾巴。

「好吧。」陳靖樺回身，鐘朝暐緊握著箭矢想當刀子使用，結果陳靖樺才走兩步，猛然回首就狠狠踢向了鐘朝暐，他當下就暈了過去。

「……」芙拉蜜絲啞口無言，她剛剛錯過了什麼？江雨晨趴在地上咬牙切齒的瞪著走來的陳靖樺，她只是淺笑。

「要我拔刀嗎？沒問題。」陳靖樺彎身，握住刀柄，然後極其緩慢的轉了一下。

「啊啊啊啊啊——」江雨晨痛得搥地，抓起手邊的石子狠狠朝陳靖樺的腳盤刺去！

「呃——」陳靖樺痛得後退，唰啦的拔起長刀，她踉蹌跌坐在地，腳骨上真的插著一塊石頭，「妳這該死的——」

妖獸轉回頭瞪著，陳靖樺沒敢直接拿刀刺進去。

「陳醫生？」芙拉蜜絲腦子飛快地運轉著，但是怎麼樣都轉不到這裡啊！

「可惡！」陳靖樺將石子拔掉，緊咬著唇，「就是這麼脆弱，所以我才討厭當人！」

什麼？芙拉蜜絲看著站起的陳靖樺，正一跛一跛的往洞口走。

「我不想再當人了，我也不想再把人接生到這種世界來，我說過，芙拉蜜絲，身為人是一種詛咒！」陳靖樺一把扯掉封鎖線，「哼，這種東西妳真以為有用嗎？我只要在這上頭剪一刀，什麼咒語都沒效。」

「謝媽……謝媽家的柵欄是妳破壞的？」芙拉蜜絲拚命回想著，陳醫生一直都跟托育的媽媽們在一起。

「不，我是破壞莎拉那邊的。」她看了妖獸一眼，「主人攻擊的是南區，謝媽家是蘆田太太。」

在門外呼喚謝媽的是蘆田太太？啊，這樣說絕對有道理，因為謝媽絕對相信蘆田太太，孩子們也是，所以她才能藉機把謝媽誘騙到後頭去任鬼獸宰割，再趁機把一屋的孩子全部拐走。

『我喜歡這個醫生。』妖獸猖狂的笑著，『為我準備這麼多孩子，而且也明白人類的脆弱……相當有自知之明。』

「醫生！妳怎麼……這些都是妳接生的孩子，妳是醫生啊！」芙拉蜜絲不可思議，醫生不該是懸壺濟世嗎？

「是啊，都是我接生的，那妳能想像我參加葬禮的時候嗎？」陳靖樺冷冷笑著，「來到這個世界，不是被殺就是被吃，成天提心吊膽的依賴符咒結界生活，我不是接他們來送死的。」

「人各有命，無論如何一個生命自有其出路，妳只是個醫生，會不會管太寬了？」法海嗤之以鼻，「醫生就是個工作，妳的工作是幫助女人安全生下孩子，或照顧這些孩子，他們的生與死，與妳何干？」

「我是推手！既然知道他們生下就會被詛咒，為什麼要讓他們活下來？」陳靖樺大吼著，「我是在終結他們的詛咒，也終結我的……」

她看向了妖獸，那眼神是一種崇拜與乞求。

『說好要讓妳脫離被詛咒的命運。』妖獸伸手往適才被江雨晨捅出的傷口裡挖去，芙拉蜜絲不忍的蹙眉，看著牠的手在自己體內翻攪一陣，然後挖出一個血紅的物品。

牠遞給了陳靖樺，她恭敬的接過。

「想清楚，陳醫生。」法海沉穩的說，「無論牠答應妳什麼，不該相信妖物。」

「醫生！牠一定是騙妳的，牠最喜歡凌虐人啊！」芙拉蜜絲喊了出來，「連人都不能相信人，妳怎麼能信任妖獸呢！」

「我不想再當人了。」陳靖樺平靜的凝視著芙拉蜜絲，「我要有長壽的生命、巨大的力量，以及無所畏懼的生活。」

二話不說，她竟吞下那團黏黏渣呼的東西，從她痛苦的表情看來，應該是腥臭無比。

『那些就是愚蠢的人類，只想當待宰的羔羊沒關係，我會留一個給妳玩。』妖獸敲擊著刀般的指甲，鏗鏘作響，『先撈一個孩子上來給我吃吧，我餓了。』

「是。」陳靖樺一點猶豫也無，彎身直接將幼小的孩子提拉而起。

孩子出洞口時，芙拉蜜絲倒抽一口氣，「潘潘！」

她焦急的衝上前，但是有個人比她還快——瘋媽跑過她身邊，一把搶走她還勾在指尖上的斗篷，繞過圓洞的另一頭，避開妖獸，衝向陳靖樺！

「妳這瘋女人！」陳靖樺一手抱著潘潘，一手揮舞著寸得堯遺留的大斧頭，「滾開！」

斧頭劃傷了瘋媽，但是她沒有退後，她竟雙手反握住斧頭的柄，用力推開陳靖樺，然後把潘潘踢回洞裡。

芙拉蜜絲立刻尾隨瘋媽的方向，甩鞭向前，妖獸尾巴卻冷不防的也打來，跟她的鞭子互擊。

「呃……」陳靖樺踉蹌滾地，還想起身，卻突然感到肚子一陣劇痛！「哇啊……我的肚子！」

瘋媽手忙腳亂的把斗篷攤開，不知道在做什麼，但妖獸沒給她太多時間，一尾巴從後刺穿她的腹腔。

「啊……」瘋媽倒抽一口氣，顫抖著手使力將斗篷往洞口扔去。

那又髒又破的斗篷瞬而主動撐開，竟轉眼成一張大布，不但整個覆住洞口，而且還平穩的釘牢在地上似的，如同地板一般平滑！

妖獸忿怒地發出吼聲，牠伸出手試圖觸碰，但是一道如金電般的電擊向牠的手，兩截指頭應聲而斷！

『啊啊啊！這是什麼？！妳為什麼有這個？！』妖獸高舉著瘋媽大吼。

「孩子……呵……孩子……」瘋媽笑了起來，嘴角流出鮮血，卻依然衝著妖獸笑，「乖乖睡，乖乖睡……」

「哇啊……哇啊啊！」

妖獸齜牙咧嘴，瞬而將瘋媽朝向了芙拉蜜絲，『妳想要怎麼死？這樣嗎？』

妖獸緩慢的切開瘋媽的腿，一刀又一刀的縱切，在她的小腿上硬是切開五刀，無論瘋媽如何慘叫掙扎，她依然在釘在牠的尾巴上。

「住手！」芙拉蜜絲忿怒之餘，立刻拋出鞭子，讓那柄金刀朝妖獸身上刺去！

咚！清脆的響聲來自左手邊，法海摀著頭連連後退，金刀刀柄不偏不倚正中他的額頭！

「芙拉蜜絲！」

「對不起對不起啦！」她連聲道歉，就還拿捏不準嘛！

「啊啊——呀——」瘋媽淒厲的慘叫聲喚回她的注意，因為妖獸剛剛切下她的小腿肚肌腱，一塊鮮紅色的肌肉擱在掌心上，旋即棄之如敝屣。

『再來，我要一吋一吋的把妳身上的肌肉都切掉，再刮妳的骨！』妖獸大笑著，『叫大聲一點，痛嗎？痛嗎——唰，看一塊！』

芙拉蜜絲再次拋出鞭子，妖獸飛快地閃過，牠的妖尾隨著跳躍晃動，上頭的瘋媽更因為拉扯更加痛苦，並且還撞上樹兩次！

「芙拉，再穩一點！」法海因為妖獸的逼近而退開，「刀子要刺中它才算數！」

「要是這麼容易我就不會敲到你了！」芙拉蜜絲既忿怒又焦急，才使準頭一直不對。「你幫我啊！」

鞭子真的不好甩，感覺跟昨天在學校練習時截然不同，這柄刀子太重了……但是很有效啊，剛剛割到妖獸尾巴時，真的傷了牠！

「幫……」法海嘆了口氣，「每次都要我幫，看妳怎麼成長——」

說歸說，法海突然拋出了如繩般的東西，完全束縛住妖獸的尾巴，妖獸驚愕的回頭看向法海，卻大喝一聲，『是誰！』

誰？芙拉蜜絲沒有錯過那詭異的景象，妖獸正看著法海啊……難道，牠看不見他？

不管了，就現在！芙拉蜜絲拋出鞭子，中！

『吼——』金刀終於刺進尾巴裡，金色的光瞬間迸開，伴隨妖獸的吼聲，尾巴自刀子刺中的地方應聲而斷！

瘋媽也掉了下來！

『什麼……這是——』妖獸唰的往樹上跳去，咻咻咻的隱匿至極高處。

芙拉蜜絲立刻滑步向瘋媽，法海已經先過去了，瘋媽的兩隻小腿肚都已被挖空，半邊臉頰也被咬下一大塊，上頭還有著妖獸的齒痕，她淚流滿面的正在抽搐，雙唇都因為劇痛而咬破，腹部開了一個洞，因為尾巴的抽離開始大量噴血。

「孩……子……」她笑著舉起尚且完好的手，「孩子，地下……」

「我知道，孩子沒事，目前都沒事！」芙拉蜜絲緊握住她的手，法海站起身，仰望著樹梢，到哪裡去了。

回首瞥了一眼金髮男孩，他比了一個手勢，男孩立刻退到大樹後面去。

「孩子……沒事沒事……」瘋媽笑開了顏，「地下……醫院……寶寶睡，快快睡……快快……」

聲音越來越小，瘋媽笑著闔上了雙眼，淚水依然淌落，跟嘴角的血混在一起。

到了最後一刻，瘋媽還是選擇保護孩子，芙拉蜜絲覺得異常心痛，也特別慚愧，瘋媽之所以能通過結界，避開血人陣，是因為她披著的這件斗篷，並不是因為跟妖獸結盟——她竟然懷疑瘋媽是內鬼，她跟其他人一樣，因為瘋媽曾犯過錯，就認定她會犯一樣的錯了！

其實，她比誰都更加愛孩子啊！

法海輕輕一揮手，四周的樹開始搖晃，他可不想在這裡浪費太多時間，躲在哪裡呢……

「啊啊——好痛！好痛——」陳靖樺的聲音傳來，在前方劇烈打滾。

芙拉蜜絲抬首凝望打滾的人，她不覺得需要同情，緊握起鞭子起身，她繞過瘋媽往前逼近，冷冷的望著痛不欲生的陳靖樺，先把暈過去的江雨晨拖到鐘朝暐身邊，並且拿出布巾將她的腳緊緊包好。

小腿上的傷口，是被自己的長刀捅的，她不忍看只希望能護住傷口；當她探向鐘朝暐時，他尚有呼吸，胸前染滿紅血，雙眼緩緩睜開，朝她瞥了一眼。

噓。他做了嘴型，芙拉蜜絲發現他的右手依然緊握著箭。

她悄悄點頭，將江雨晨安置在那兒，然後走向依然在打滾的陳靖樺，她的臉色漲紅，看見芙拉蜜絲時伸出手彷彿求救。

「我找不到幫妳的理由。」她瞧著陳靖樺，「我沒打算動手讓妳解脫，因為我不想殺人。」

她後退著，看著落葉紛紛，樹正在劇烈晃動，妖獸正不停的換樹木跳躍……真是不公平，牠能夠輕巧的在樹上跳躍，居高臨下，他們卻沒辦法！

「……不！不要！」身後的陳靖樺突然跪在地上，痛苦的雙手撐著地面，「不——住手住手——」

什麼東西！芙拉蜜絲防備著回身，陳靖樺痛不欲生的看著她，「快點殺掉我！殺掉我！」

不行，芙拉蜜絲在心裡告訴著自己，陳靖樺再可惡也不能這樣殺掉她，因為她仍是那位大家尊敬的醫生啊！

啪……芙拉蜜絲聽見了什麼裂開的聲音，緊接著陳靖樺的背部開始滲出大量的血，背部隆起，越擴越大，她原本撐面地手也開始變腫變長，皮膚被撐到最薄，然後逐漸裂開。

芙拉搞不清楚狀況，倉皇回首看向鐘朝暐，他已經悄悄坐起身，拿過了自己的弓，芙拉蜜絲擔心鐘朝暐無法拉弓，他只用眼神叫她遠離這裡，不要擋到他的視線。

他所在之處，正可以準確瞄準陳醫生，並且射穿她。

你要殺她嗎？陳醫生？芙拉蜜絲用嘴型問著。

鐘朝暐有些遲疑，聽著陳靖樺的慘叫，他擰眉，不知道自己有沒有辦法下手，但是還是揮手叫芙拉蜜絲離開，她的安全更重要。

樹梢擺動得更加劇烈了，法海似乎不打算讓妖獸停在某個定點，尤其是他們上方，以他們為中心的樹群全部搖擺劇烈，甚至誇張到交錯，因此妖獸早已不知道竄到何處去。

「芙拉蜜絲！快點——」陳靖樺裂開的手伸向她，哭喊著，「殺掉我！」

長長的右手從皮膚裂開之處流出大量鮮血，陳靖樺餘音未落，喀嚓喀嚓的骨頭斷裂聲接二連三傳來，芙拉蜜絲嚇了好大一跳，看著醫生的脊椎骨穿出了她自己的背！

「走！」鐘朝暐低吼著，跪坐在地咬著牙拉滿弓。

芙拉蜜絲往法海那兒奔去，他正專注的驅趕妖獸，芙拉蜜絲卻什麼也看不見。「法海，那個陳醫生……我該不該……」

「自己決定。」法海懶得理他，妖獸好不容易被他趕到附近了。

幹嘛說得這麼簡單啦！她握著鞭子的手都滲出汗了，這是她的致命弱點，沒有辦法殺人！

「啊啊啊——為什麼！」陳靖樺倏地站起，但是姿勢極為扭曲，全身的皮肉都已綻開，骨頭四處穿出自己的身體。

鮮血染紅了她自己，然後「另一雙手」突破了她的雙手，取而代之。

「妖獸……可以寄生嗎？」芙拉蜜絲已經看出來，「課本沒教啊！」

「課本……哼！」法海笑了起來，「你們課本教得太少了吧！」

鐘朝暐也認出穿出陳靖樺身體的是妖獸之手，有六隻啊，自她的肋骨突出，一邊三隻，還將原本的手摧毀殆盡！所以他不假思索的放箭，兩根箭桿對準的是陳靖樺的咽喉！

『喝——』陳靖樺轉過來，張嘴就咬住那兩根箭矢，她清秀的臉皮已經全數撕開，變成兩倍大，尖牙輕鬆咬斷箭矢，從血裡浮現黃澄澄的八對眼睛。

噗嚓瞬間，陳靖樺的臀部鑽出了那有力的節狀長尾，強而有力地繞過大樹來到鐘朝暐身邊，他機靈回身以弓去擋，然後尾巴竟同時穿過了他的手與弓。

「哇——」鐘朝暐痛得大吼，陳靖樺則笑了起來！

『嘻嘻……很痛嗎？哈哈！真有趣！』妖獸的身體陸續從陳靖樺的皮骨裡竄出，站起身的牠比陳靖樺大上兩倍，所以人體的部分骨頭與皮肉都還黏在牠身上。

只見牠輕鬆抖落，陳靖樺的形體就不在了。

「真的有寄生妖獸？！」芙拉蜜絲覺得腦子快炸了，拉著法海問。

「昆蟲動物都有寄生了，為什麼妖獸不會有？這什麼邏輯！」法海挑高了眉，再往上看，

「差不多了……」

什麼差不多？是他們快差不多了吧！

鍾朝暐咬著牙迅速爬離樹邊，想要遠離妖獸的攻擊範圍，寄生妖獸咯咯笑了起來，饒富興味的望著爬行的他。

『逃吧，跑吧……恐懼嗎？真喜歡看你們這副模樣！』寄生妖獸在自己面前舞動著六隻手，『這就是身為妖獸的感覺啊……』

「妳……妳還是陳醫生？」這口吻這說話方式跟醫生一樣啊！

『是，也不是。』寄生妖獸說著，眼神朝一旁的洞口看去，明顯嚥了口口水。『好餓……』

「來了！」法海突拉過芙拉蜜絲，頸子向後轉，一抹疾速的影子迅速掠過，然後在他們身後的樹林裡躍下！

「哇啊——」男孩的聲音迸出，芙拉蜜絲驚恐回身，那金髮男孩竟被妖獸擒在手中！「哥哥！」

渾身是傷的妖獸扣住了小男孩，他哭著在懷裡進行無謂掙扎，芙拉蜜絲赫然發現自己轉眼腹背受敵！

『甜美的孩子啊……又白又嫩！』妖獸走了出來，『新生的，你就先吃這幾個人吧！』

『啊？』寄生妖獸顯得有些失望，彷彿要牠吃這幾個人是受了委屈似的，『孩子是我帶來的！』

『一開始別想吃太好。』妖獸徐步往前，身後的寄生妖獸也逼近他們，像是要製造一種緊迫感。

妖獸就是希望看見他們恐懼的模樣，所以一直在要殺不殺之間，讓他們痛、讓他們逃、讓他們一直在求生的縫隙中掙扎！

變態！芙拉蜜絲二話不說立刻揚鞭甩去，法海彎身及時閃離，刀子砍上一旁的樹。

「芙拉蜜絲！妳就不要先把我殺了！」這女人有沒有搞錯，他就站在右手邊她也甩鞭！

「對不起啦！」她邊說，卻不敢朝眼前的妖獸揮去，就怕傷到小男孩！

只好旋過半身，法海見狀立即自動蹲在地上，鞭子從他頭頂掠過，朝寄生妖獸揮去……

真是夠了！他再不遠離芙拉蜜絲，只怕會先死在她手下！

刀子沒傷及寄生妖獸，牠隻手握住刀子，使勁扯緊，還勾起得意的笑……沒有兩秒，牠在慘叫聲中失了一隻手臂，金光炸現，像被炸掉一般。

『啊呀——』寄生妖獸慘叫著後退，驚恐的望著落地的刀子。

『愚蠢！她的刀上有咒！』而且是對付妖獸的咒法，那柄刀是可以對付妖獸的法器。

芙拉蜜絲倒是喜出望外，換個方式與重心揮鞭而出，刀刀擦過寄生妖獸的身子，讓妖獸驚恐亂竄，寄生妖獸一骨碌往旁邊的樹間逃去，芙拉蜜絲大驚失色！

雨晨在那裡！

『看看我找到什麼……』果不其然，沒兩秒寄生妖獸就抓著昏迷的江雨晨高舉，『可愛的江雨晨吶，柔弱得跟水一樣的女——啊——』

一柄短刀插在妖獸大腿處，江雨晨毫不猶豫的立刻旋轉刀身，左轉一百八右轉一百八，使盡吃奶的力氣轉。

「痛吧！痛吧，知道痛了吧！就算力量不夠還是會傷到你！賤貨！」沒人知道江雨晨什麼時候醒的，但是她的怒火一樣旺盛啊！

『妳這……』寄生妖獸將之高高舉起，張開血盆大口就要對著雨晨的頸子一口咬下！

箭與長鞭同時抵達，鐘朝暐使盡最後的氣力朝寄生妖獸射出最後一支箭，而芙拉蜜絲的鞭子也直抵牠的肩頭；箭只能造成妖獸輕傷，但是芙拉蜜絲的金刀不偏不倚的插進寄生妖獸的肩頭，江雨晨親眼看見插入處金光繞了一圈，然後妖獸的三隻右臂瞬間燒毀成灰，她也跟著往下掉落！

芙拉蜜絲看著鞭子落下，寄生妖獸發出痛徹心腑的吼聲，還在想著那柄刀子怎麼這麼厲害時，身後聽聞兩聲足音，風壓逼至，收鞭抽回卻為時已晚。

『吼——』五爪就在她面前劃下，儘管她及時取手擋下，那刀刃長甲還是切開了她的手肘內側！

「啊……」她騰空向後重摔落地，就在兩隻妖獸之間。

『呵……』妖獸舔著自己指甲上的血，『這血的味道真熟悉……我是不是吃過妳的兄弟姐妹？』

咦？四腳朝天的芙拉蜜絲瞪圓雙眼，吃力的撐起身子，他說什麼……

『這味道我記得啊，我一定吃過妳的親人。』妖獸得意的笑著，『讓我想想……』是牠！是這隻妖獸殺了她的大弟！五年前，牠在這裡蟄伏了五年嗎？

芙拉蜜絲身後的寄生妖獸痛不欲生，牠移動身子往江雨晨去，好在剛剛江雨晨落下時就已經先溜為妙，加以鐘朝暐接應，他們痛苦地移動，往樹後躲去。

『我一定要一點點的吃掉你們，啃你們的腦髓的時候，我要你們活著！』寄生妖獸咆哮著，踉蹌的轉身往樹林間去。

這樣一來，芙拉蜜絲向後滑行，她背後暫時沒有危險了……不過法海呢？他的弟弟在人家手上，他人跑到哪裡去了？

「救我！姐姐！」男孩哭喊著，一雙小手伸向她。

她很想啊，但是她現在都快自顧不暇了，如果可以把那孩子也扔進洞裡……不，她看著就在左手邊的洞，洞口被瘋媽的灰斗篷全然覆蓋，法海的弟弟是進不去了！

妖獸逼近，尾巴不停的往她戳去，但每次都戳不準，牠只是喜歡看她驚恐尖叫跟閃躲的樣子，要她在死前盈滿恐懼！

芙拉蜜絲狼狽地持續往後退，眼尾卻覺得哪裡空了，奇怪……剛剛那一堆藍色封鎖線呢？

『啊，我想起來了，我是怎麼吃掉他的，是男孩對吧？』妖獸咯咯笑著，『妳弟，叫史貝斯？』

芙拉蜜絲止住動作，緊皺著眉瞪向牠，「你不可能……是陳醫生告訴你的！」

她倏地往右邊看向寄生妖獸的方向，卻見牠氣急敗壞地怒吼著，因為食物在眼前卻觸不著，鐘朝暐他們兩個竟藏在幾棵大樹中間，四周圍以藍色封鎖線……鐘朝暐還在纏著，江雨晨負責打結，那是法海剛剛扔給他的。

喂！怎麼不扔幾條過來給她啊，她又不是故意差點打傷他的！

『哼，人類真的很蠢，你們以為這樣就能活著離開這裡？』妖獸得意的笑了起來，『永遠都懷有求生希望，也算你們的優點……』

芙拉蜜絲看著距離如此之近，立刻將鞭子揮去，這麼近，至少可以攻擊下半身，不至於誤傷到孩子！

「哇啊！」小男孩哭喊著，妖獸縱身一躍硬是閃過橫掃來的鞭子！

『再快也不會有我們快！』妖獸齜牙咧嘴的笑了起來，『香？安魂咒？佛珠？就能讓萬人安息嗎？』

什麼？芙拉蜜絲試著站起身，為什麼無緣無故又扯到萬人林的事！

『他們是在我們的地盤上死亡的，何來安息之說！』妖獸用力一跺地，『出來吧！來殺侵犯家園的妖獸！』

咦咦咦——芙拉蜜絲驚恐的感受到大地一陣震動，說時遲那時快，土裡竟鑽出了無數雙血淋淋的手，抓住她的腳不說，還交纏著手臂往上纏住她的身子！

「呀——」她看著從土裡鑽出的人們，依然是血人處處，整塊大地上……扣掉斗篷遮蓋之處，都冒出了一顆顆血紅的人頭與身體。

『入侵者……殺掉牠！遠離我們的家園！』

不遠處傳來江雨晨的咒罵聲跟鐘朝暐的叫聲，他們有著封鎖線還算有保護，但是卻也是被這景象嚇到了！

「放——」芙拉蜜絲打算以鞭驅趕，冷不防的眼前突然一陣陰影壓下，「什——」妖獸倏地貼在他面前，她根本措手不及，一回首只看見那黃色的眼睛，然後……她就不能動了。

怎麼回事？芙拉蜜絲慌亂的站在原地，才一眨眼就感覺到四周迷霧一片，昏暗不明，她可以感受到冷冽的氣息，濃霧正包圍著她，眼前有著哭聲，恐懼交集的哭聲傳來。

「姐，芙拉姐姐！」男孩哭泣著，「救我，好可怕，救我！」

芙拉蜜絲瞪圓雙眼，僵住身子……那是史貝斯的聲音，是他在哭！

眼前的霧裡出現猙獰的妖獸，牠抱著的是史貝斯，她的弟弟！正在打量從哪裡下手好，

『妳想看看他怎麼死的嗎？』

第十三章

不不不，住手住手！芙拉蜜絲看著在妖獸手上的弟弟，心痛如絞的伸出雙手，「還給我！把他還給我！」

「不要吃我！拜託你！」男孩掙扎著，望著那八對眼睛，「真的，不要吃我……」

妖獸貪婪地嚥著口水，將男孩翻過身擱在掌上，指尖往他背後戳了進去，男孩哇的一聲慘叫哀鳴，聽得芙拉蜜絲心都快碎了。

「住手！」這麼近，她可以直接用刀子刺它啊！右手舉起，芙拉蜜絲卻發現她沒有鞭子？鞭子呢？

『拿根竹管，就這麼插進去。』妖獸邊說，真的在男孩背上的洞插入管子，『一點一滴的把他的肉、血、內臟，全部吸出來，所有的東西都會被攪碎從管裡出來，很鮮美的……』

妖獸滿足地噘起嘴，在吸管上用力一抽吸。

「哇啊——」男孩哭得淒厲，身子劇烈掙扎著，「芙拉姐姐，姐姐啊啊啊啊啊——」

她知道的……她一直都知道……那天她跟自治隊衝進林子裡，大家呼喚著史貝斯，然後是她找到的。

史貝斯身上的蛆落在她的臉上，所以她抬頭了，看見僅剩人皮斷骨的東西披掛在樹上，骨頭盡碎，內臟跟所有的血肉都被抽吸光了，他的眼珠子在人皮上變得好凸，表情封鎖在最痛苦的瞬間。

殯葬師用稻草填滿了史貝斯的屍體，才能看出他有多痛，他斷氣的瞬間正在慘叫，不知道那時是哪個器官毀壞了；真里大哥說，那種死法漫長且痛苦，因為妖獸很清楚的知道要從哪邊開始吸，可以延長痛苦的時間。

淚，從眼眶中湧出，芙拉蜜絲看著眼前尖叫的弟弟，她想像過這麼一天，但是沒有想過就算站在弟弟面前，竟也無能為力！

『好香啊！』妖獸的嘴離開吸管，『看著吧，看著妳最愛的弟弟怎麼死的，被絕望擊倒後，我再來慢慢解決妳……我保證讓妳撐得比妳弟弟還久……』

不……不要——芙拉蜜絲覺得世界一片黑暗，弟弟的慘叫聲環繞在她身邊、在她腦子裡，她不想讓他死，為什麼要這樣！

「我叫妳背的咒語有背嗎？」

冷不防的，一股聲音闖進了她腦海裡，芙拉蜜絲瞪圓雙眼，那輕柔的嗓音切斷了弟弟的慘叫聲。

大滴淚水滴下，她緩緩點點頭。

「背熟了就好。」那聲音很輕，很柔，就像在她耳畔，「芙拉，我是誰？」

她顫抖著，她喜歡這個聲音，喜歡聲音的主人，她該知道的，但為什麼想不起來……

「芙拉姐姐！」淒厲的慘叫又回來了。

「聽見了嗎？那可憐的悲鳴，妳就站在他面前，不打算救他嗎？」那聲音繼續說著，「芙拉蜜絲，妳連救一個孩子都做不到？」

閉嘴！芙拉蜜絲緊握著雙拳，她怎麼可能做不到，就算那不是她弟弟……不是她弟弟——她驚愕的抬起頭，慘叫中的男孩是金色捲髮，那不是史貝斯，是誰？

管他是誰，她就在這裡，怎麼可以讓妖獸吃掉他！

「姐姐，妳在哪裡……我好痛好痛啊！」大弟的聲音聲聲入耳，「妳為什麼不救我！為什麼！」

住口住口！芙拉蜜絲忍不住雙手掩耳，你們好吵，通通都閉嘴啊！

「呀——我好痛啊姐姐！」大弟持續哭喊著，「妳不是會保護我嗎？騙子！騙子！」

她沒有！芙拉蜜絲瞠大雙目，淚水不停地落，她沒有騙他，因為她不知道他去了哪裡，不知他落進妖獸之手，不知道他死得這麼慘啊！

『不管妳多厲害，始終救不了他……再一次，無數次都一樣。』妖獸咂了咂舌，『無能的姐姐。』

閉嘴閉嘴！芙拉蜜絲痛苦的在心裡吶喊著，耳邊除了弟弟的慘叫聲外，還多了妖獸的低笑聲，彷彿在笑她的無能為力！

夠了！芙拉蜜絲右手一揚，手上的鞭子倏地圈住了妖獸的頸子，鞭上的刀子咻咻的帶領鞭子繞上幾圈，疾速的要往牠頸部刺入！

妖獸驚愕地立刻用某隻手止住刀勢，金刀直插入手，自然是又廢掉了一隻手！

『妳──』妖獸驚愕不已，一切發生得太快，令牠措手不及！

「……」芙拉蜜絲用力閉上雙眼再跳開，什麼濃霧幻象盡數消失，取而代之的是清晰的現在，「法海！」

「在。」雙肩一陣輕觸，法海搭著她的雙肩，轉眼彈開了纏繞著她雙腳的血人們。雖說有點對不起牠們，但是以他們倆為圓心，血人們碎屍數段的向外飛去，落在其他血人堆裡。

芙拉蜜絲全身都在發燙，她記得這個感覺，上次面對鬼獸時的義憤填膺與怒不可遏，讓她全身都像火燒一般的逼人！

男孩早已落下，他像是在海上漂浮一般，因為他落在了滿滿的人頭上，一望無際的血色人頭，標準的萬頭攢動，遞送著男孩。

「記得我教妳的手感嗎？」法海站在她身後，貼著她的身子，握著她的右手，「還有我要妳背的咒文。」

芙拉蜜絲沒有回話，她的雙眸熠熠有光，燃燒的怒火，妖獸竟然如此虐殺她的弟弟，如果不是牠重現當年的畫面，她的恨意還不會這麼深！混帳！

「拜託等我閃人妳再揮鞭。」法海鬆開了她的手，三步併作兩步的奔向前，俐落的抄過金髮男孩，所經之處，血人紛紛碎散。

他一路往一旁的樹林裡奔，看著被血人團團包圍住的鐘朝暐二人，封鎖線是完整的，這兩個可以放心，只是寄生妖獸倒沒這麼傻，打算利用外物來破壞封鎖線……嗯哼。

不過，時間也不多了。

「到樹上去。」他放下懷中的孩子，拔掉他背上的管子，「還好嗎？」

「好痛！」男孩噘起嘴，一臉委屈。

「滾上去。」法海低語，將他推開。

旋身向後，選了個好位置，他喜歡看這種美麗的景象，瞧瞧芙拉蜜絲，她全身散發著橘色的光芒，目光如炬瞪視著眼前的妖獸，手上的鞭子似乎一起泛出橘光，地上的血人們因著她的前進而驚恐退散，牠們都能感受到熱度。

忿怒之火，也是可以燎原的。

「你殺了我弟弟——」芙拉蜜絲尖吼，無視於原本逼近的妖獸，鞭子在空中呈現美麗的兩圈蜿蜒，刀尖卻輕而易舉的插進妖獸的身子。

『吼啊……』妖獸感到刺進的刀子在燃燒，在體內燃燒。

但是芙拉蜜絲並沒有緩下速度，她刺中後立即拔起，開始大肆的揮舞鞭子，力求刀子在妖獸身上劃開傷口，而不是刺進去……只是刺進去，未免太便宜牠了！

她甚至踩穩馬步，拉住鞭子縮短距離，就為了來場快攻，迅速不斷的劃刀！

從沒想過鞭子如此順手，金色的刀子雖然沉重但是卻有著十足的張力，反而揮舞起來甚好操控力道跟方向！

妖獸節節後退，那金刀傷得牠完全無法反抗，金刀上的咒文是足以摧毀妖獸的咒語，妖物只怕都無法閃過！

『啊啊……』牠發出怒吼聲，另一隻寄生妖獸在幹嘛啊！

嗯？寄生妖獸感受到熱浪襲來，也留意到樹間的江雨晨他們雙眼同時反映著橘光，回首看去，竟見滿地火浪，曾幾何時這裡已經燒起來了，外頭那被樹圍著的廣場竟通紅一片，血人正在哀鳴中燃燒化去……

寄生妖獸二話不說，跳躍狂奔而去！

芙拉蜜絲廢掉了妖獸所有的手，正不留情的在牠身上劃上無數刀，傷口都不深，但是裂開之處均開始燃燒，妖獸的動作不再俐落，牠痛得全身都在顫抖。

身後殺氣逼近，芙拉蜜絲正巧由左至右揮下一鞭後，站穩腳步側轉回身，空中鞭子順勢就朝斜後方衝至的寄生妖獸掃過，但牠竟然反應靈敏，倏地以尾巴擋下，任鞭子纏上牠的尾巴，並且緊緊向後拉，將她往前拖！

這情況，真是似曾相識啊……芙拉蜜絲毫不退縮的任牠向前疾拖，寄生妖獸張開血盆大口就彎頸要咬下，就在逼近時刻，芙拉蜜絲手一鬆——咦？寄生妖獸忽然輕微踉蹌，看著芙拉蜜絲借力使力一個旋身，瞬間飛過她的頭頂。

腳踝短刃抽起，在越過寄生妖獸頭顱上方之際，順勢從後腦勺插了進去！

『哇啊——』牠嘶吼出聲，那柄刀子正在燒熔牠的頭顱啊！

芙拉蜜絲俐落著地，眼尾卻忽然見巨物壓境，她倉皇回頭，妖獸竟趁她不備由後偷襲——一雙刀爪就在她頰畔，但是牠停下來了。

「芙拉。」法海的聲音幽幽，就在妖獸的身後不遠處，「唸咒吧。」

芙拉蜜絲顫抖著，小心翼翼的原地蹲下，退出刀爪的範圍，抹了抹臉頰上的鮮血，真的是千鈞一髮，她的頭差點就要被刺穿了。

妖獸瞪大黃色眼睛，不能動？牠不能動？

『啊啊——哇啊——好燙啊！』寄生妖獸抱頭在地上瘋狂亂跳亂滾，尾巴打著鄰近的樹震下大量落葉，芙拉從容拾起掉落的鞭子，金刀正像被火燒過般的滾燙。

她還記得，上次法海是怎麼教她的。

後退數步，長鞭向後一揮，再疾速前抽，一口氣纏住了兩頭妖獸的頸子，妖獸無法動彈，寄生妖獸硬被圈著向後，使勁一收鞭，兩頭妖獸緊緊的貼在一起，那金刀瞬而從寄生妖獸的咽喉刺穿，再穿進妖獸的喉內。

「專心，想著牠們怎麼吃掉妳弟弟的。」法海從容走上，妖獸還依然陷入震驚與不可思議。

芙拉蜜絲緊緊握著鞭子，想到弟弟的死狀她就有無以名狀的怒火與悲慟，姐姐很想救你啊，只要姐姐在，你一呼喚我就會過去救你的！

對不起讓你一個人死在樹林裡，對不起讓你死得這麼痛苦，對不起讓你飽受殘忍的凌虐，感受自己的內臟與肌肉一點點被抽乾——姐姐救不了你，人死不能復生，唯一能做的就只有幫你報仇！

親手殺掉這個可恨的妖獸！

芙拉蜜絲專注的唸著咒文，法海給她的咒語，她其實不知道那是什麼，只知道帶著怒火與怨恨的唸著，兩隻妖獸根本無法動彈，更別說掙扎離開那鞭子，身邊的新生妖獸淒厲的吼叫著，全身都轉為炭火燒紅般的橘豔。

『不可能……怎麼會——』妖獸狂吼著，『我的體內、我的力量……為什麼我不能動！』

「哎唷，不是早叫你不要吃我的嗎？」稚嫩的聲音淘氣的傳來，就在牠身後的樹上。

——咦？妖獸驚愕的瞪圓雙眼，牠轉不了頭——那個男孩還活著？難道是……

法海緩步走來，就在芙拉蜜絲的身邊，她正專心的施咒，心無旁鶩，什麼都不知道；妖獸瞪大的那僅存著六雙黃色的雙眼，不可思議的看向他……看見他。

『你是……什麼時候在這裡的……』牠痛苦的咬牙說著，體內正在燃燒，從身上所有被金刀劃出的傷口裡迸出火光，『你幹的嗎？那個男孩也是你的——為什麼？你怎麼可以——』

『啊啊……』寄生妖獸黃色的雙眼開始透出火光，『法……法海？』

唰——八道火光爆掉了寄生妖獸的眼球，從眼窩裡同時噴出，妖獸痛得咬牙，兩個大嘴的尖牙全數咬斷，然後全身轉為透明的橘紅色……多美！法海微笑著望著眼前的一切，燒紅的寶石啊，真是美麗。

他輕輕的朝著火紅的妖獸們呼了口氣，妖獸們瞬間成了碎塊，摔落地面，法海上前踩過寄生妖獸的頭顱。

「我叫 Forêt。」

仰頭朝向高樹，小男孩還一臉欲哭無淚的樣子望著他，他指指林間，男孩領命之後一眨眼便咻的消失。

回過身，芙拉蜜絲仍在盛怒之中，不停的唸著咒語，絲毫沒有意識到鞭子已鬆，兩個妖獸早已成為兩堆炭塊，已是命懸一線。

「芙拉。」他上前，溫柔的包握住她的雙手。「可以了。」

芙拉蜜絲顫了一下身子，緩緩睜開雙眼，看著自己通紅的雙手，上次只有指尖是橘色半透明的，這次一雙手掌都成了燒紅的炭，被橘金的光芒盡數包圍！

「法海……」法海的手是如此冰涼，她望著那令人心安的笑容，內心的翻騰與激動漸漸平息。

「結束了。」他凝視著她，綠寶石般的雙眼映著她，彷彿映著兩簇火燄。

「結束……了？」淚水不自禁的滑落，「史貝斯……」

「安息了。」他微微笑著，將她擁入懷中，「有妳這樣的姐姐，他很驕傲的。」

真的嗎？芙拉蜜絲痛哭失聲，她沒有忘記，今天、今天就是史貝斯五年的忌日啊！

體內的熱度並未完全減退，她難受地倒抽一口氣，被強烈的暈眩襲擊，那口氣沒上來，轉眼暈了過去！

暈過去的瞬間體內未竟的靈力未仔細收復，形成一道橘色強大的力波，以芙拉蜜絲為圓心，向四週迸射而出！

數公尺外的江雨晨跟鐘朝暐被直接襲上，毫無防備的直接被打暈。

這種狀況自是預料之中……法海回首，早知道那兩個受不起這種衝擊，不暈過去他就難處理了，有些記憶還是不要保留比較好，他一直如此深信。

攙著倒在他臂彎間的芙拉蜜絲，她身上的橘光正漸漸平復，這樣抱著，可以知道她身體除了外傷外，這些能量未曾帶給她任何傷害。

呵，真有意思的女孩。

『入……侵……者……』地面上，再度隆起紅色的物體，法海轉頭看去，忍不住皺眉。

有完沒完啊，這一萬多個人，該給牠們安息了吧？如此反覆的對付「入侵者」未免也太可憐了……他看向兩堆殘骸，妖獸都已經剩一口氣了，還是無法淨化這萬人之靈嗎？

看著血人冒出來的越來越多，這跟打不死的蟑螂一樣，牠們緩慢地從土裡站起，又開始包圍住他們。

法海看著這群生生不息的靈體，正在思索著是不是該一舉滅之……

忽聽得一陣咒音在空中迴盪，有力的咒語自林間深處傳來，伴隨著奔跑足音，緊接著有東西從林間拋出，法海即刻抱著芙拉蜜絲伏低身子，看見數顆碩大的佛珠懸浮於空中，珠子閃爍著光芒，排成一種陣形，居高臨下，將一萬個血人們盡數囊括。

「破！」低沉的聲音厲聲一吼，佛珠剎地迸出藍光，哀鳴遍野，血人們不再潛回土裡，而是盡數往上被佛珠吸了進去。

闇行使。法海心中有數，聽著足音從他背後而來，也就是從鐘朝暐他們身後奔來。恰與他們進入的方向相反，闇行使從別的通道進入萬人林了。

緊抱著芙拉蜜絲，白色的雪緩緩落上她的臉頰，寒冽之氣即刻襲來，法海仰起頭，看著大雪紛飛，地上哪有什麼飛沙走石，只有白雪皚皚，妖獸的結界已崩毀，諒牠們也沒什麼能力維持結界完整了。

身後來人氣喘吁吁的走到他身邊，法海向右看去，微微一笑，「好慢啊，大隊長。」堺真里緊鎖眉心看著他，還有他懷裡的女孩。

「她怎麼了？」

「沒事，只是暈了過去。」法海抱著她站起身，「不過被雪埋住的東西就不少了，我腳邊有兩團妖獸碎塊，我們正前方有個大窟窿，底下都是孩子，左手邊是瘋媽……寸得堯在哪邊我想想……」

「約翰呢？我聽說他進來了。」

「在我們應該走出去的方向。在這之前被鬼獸襲擊，約翰為了保護我們壯烈犧牲了，我想應該往前走就找得到，雪不大，紅色的血很容易找。」法海淺笑，「您倒是從反方向來啊，是哪個入口呢？闇行使隊長？」

堺真里雙眼閃過一絲警戒，瞪著法海，「安娜的田，她為了想多種兩棵果樹，佔用了非出租區的地，翻動土裡石塊時破壞了隱藏結界。」

這就是妖獸與鬼獸得以潛進的缺口之一。

堺真里之前進林子找過一次，什麼都沒找到，認定大家在另一個空間裡，想是被妖獸遮蔽了雙目；直覺再回到原點，因為安娜的田似乎比別人大了一點點，他第一次有留意但沒細想。

其實她只是在田地旁多栽了兩株果樹，用的是一般林地，只是為種植翻過土，把土裡的石塊挖掉了。

當他發現時，他試著穿過果樹，果然一瞬間進入萬人林！才抵達就看見自土裡爬起的血人們，一眼就能辨識那只是被困於此的靈體，悉數收服，再行淨化。

「芙拉知道你是闇行使嗎？」法海勾起笑容，「還是說，鎮上的人知道你是闇行使嗎？」

堺真里面對著法海，冷冷掏出手槍，槍口對著他。

「那芙拉又知道你是誰嗎？」

「我是 Forêt，她的同班同學。」他瞥了那槍口一眼，堺真里放得很低，位置隱晦，只怕在很遠的正前方，有人從正式的入口進來了。

有後援哪，諒他也不敢輕舉妄動。

「你到底是什麼？」堺真里與之對望，「我很肯定你不是普通人。」

「但你不知道我是什麼。」法海失聲笑了出來，不畏槍口的轉向堺真里，把手裡的芙拉蜜絲遞給她，「我放手囉。」

咦？法海說放就放，堺真里緊張地趕緊舉手接住沉重的芙拉蜜絲。

「我不在這裡，這是我們的秘密。」法海聽著人聲逼近，「你保密，我也保密，闇行使隊長。」

法海輕輕拍了堺真里的肩頭，倏地往他身後奔去。

「你！」堺真里回頭，竟然已經失去了他的蹤影！

「隊長！看到隊長了——」自治隊員從前方走進林裡，「快點！在這裡啊，闇行使呢？」

在一大隊隊員的後頭，是大家都熟悉的，深紅斗篷的闇行使。

「約翰！找到約翰了！」

第十四章

孩子的嘻笑聲在樓下傳來，芙拉蜜絲緩緩睜開雙眼，看見的是透著光的窗子，向兩旁敞開的木條窗門，分不清楚現在是白天還是黃昏，事實上她也搞不清楚現在是第幾天了。

這幾天都是渾渾噩噩，醒了又昏睡，或是吃飽睡睡飽吃的，整個人懶洋洋的沒有氣力。

伸出手，看著自己手上包紮著繃帶，感覺得到痛，大概就是活著的證據了。

「芙拉。」媽媽的聲音自頭頂傳來，她仰起頭，看著從房門走進的母親，「醒了嗎？肚子餓嗎？」

她搖搖頭，依然覺得全身虛弱。

「我睡多久了？我記得我看過雨晨他們……真里大哥也來過。」她蹙著眉回憶，「大家都好嗎？」

「放心，都很好，現在就妳最不好。」露娜拿過椅子，把托盤擱在上面，上頭有著果汁跟簡單的三明治。「能起來吃點東西嗎？妳真的該吃了。」

母親攙起她的身體，芙拉蜜絲感覺到無比沉重，好像身體的氣力都被抽乾似的，露娜在後頭墊了個枕頭，讓她得以半坐臥的靠著；等到坐起來，她才意識到另一隻手上有管子，點滴架在一旁。

「這麼糟？」她皺眉。

「妳沒有進食，這是補充營養最快的方式了。」露娜先遞上果汁，芙拉蜜絲舉起的手幾乎握不住杯子，「來，我餵妳，用吸管。」

芙拉蜜絲別開頭，不解的望著自己的手，「我的手怎麼了……」

「別急，妳昏迷十幾天了，自然沒有力氣，等慢慢吃東西補充熱量再說。」母親把吸管往她嘴邊送，芙拉蜜絲這才緩緩開口。

樓下聽起來很熱鬧，她聽見有人上樓的聲音，綻開笑顏，「雨晨！」

足音疾步而入，江雨晨一看見她眼淚即刻奪眶而出，「芙拉……天哪，妳醒了！妳終於醒了！」

江雨晨邊哭邊笑著，淚如雨下的雙手掩面，跟著進來的自然是鐘朝暐，他憂心忡忡的望著她，芙拉蜜絲還朝著他嗨了聲。

「這次是真的醒了嗎？」他有些遲疑。

「真的！她喊我名字了！」江雨晨激動的掐著他的手。

「兩天前她也喊過我的名字啊。」鐘朝暐轉了轉眼珠子學著，「鐘朝暐，再不射箭我打你！」

喂！芙拉蜜絲白了他一眼，她不記得的事別說好嗎！

打量著兩個同學，臉色都相當的好，除了身上又是繃帶之外，至少這次大家都行動自如……扣掉她。

「樓下好熱鬧啊！」她好奇問著，「誰來家裡玩啊！」

「大家啊！」江雨晨抹著淚水，「好多人來感謝妳救了他們孩子呢！」

「孩子……啊！」芙拉蜜絲慢慢恢復記憶，「孩子都沒事嗎？」

「放心好了，大部分都好，少數幾個應該是被吃了。」露娜繼續餵她喝果汁，「我們熟人的孩子都回來了，包括潘潘跟剛出生的容愛。」

「容愛？」芙拉蜜絲怔了住，「我那時在洞穴裡沒看見嬰兒啊！」

江雨晨跟鐘朝暐交換了眼神，抿了抿唇，「在醫院地下室找到的。」

咦？芙拉蜜絲雙眼瞪得更圓了。

「是瘋媽偷走容愛的，但也是她放在地下室裡照顧的。」露娜接口，「原本從洞穴裡找到所有孩子時，獨缺容愛，棻棻心痛不已，但是有人遞了張紙條請他們找醫院地下室，真里在其中一間廢棄診間找到，孩子擦過洗過，就是肚子餓所以哭得厲害。」

「地下……醫院……」芙拉蜜絲啊了一聲，「瘋媽臨死前也跟我說！我以為她是在說地下洞穴，我沒想到她是在講容愛！」

「別激動……都沒事了！」江雨晨趕緊要她好好躺下。

除了她跟法海之外，沒有人聽到瘋媽的的遺言啊……她如果一直在昏迷中，嬰兒勢必會活活餓死，難道是法海嗎？

「法海呢？」她話鋒一轉，眨眨眼。

鐘朝暐一秒內變臉，笑容都消失了，「問他幹嘛？」

江雨晨趕緊用手肘推了鐘朝暐一下，「芙拉只是問問嘛！我跟妳說喔，法海有弟弟耶！超級可愛的！」

「……弟弟。」芙拉蜜絲緩緩重複著，你們也見過啊，那天在林子裡……

「已經在辦入學手續了，要進小學！」江雨晨喜孜孜的，「超級像洋娃娃的呢！」

「……是哦。」芙拉蜜絲記起來，上一次法海跟他們並肩作戰對付鬼獸後，雨晨跟鐘朝暐也從不記得這件事。「我想知道，後來發生什麼事了？為什麼我昏睡這麼多天？妖獸呢？陳醫生呢？」

鐘朝暐有些難以啟齒的模樣，「其實我也不是記得很清楚……我記得陳醫生變成妖獸，想要殺我們，我們躲到樹幹中間用封鎖線圍著……然後可能流血過多也就意識不清了。」

「我哦……」江雨晨更加難為情，「我只記得腳踝被刺穿，然後我痛到暈倒，醒來就在醫院了。」

媽媽再要她多喝幾口，輕輕拍拍她。

「你們那時都重傷了，是堺真里帶著闇行使進去救你們的，找到你們時都暈倒了。」母親溫柔的說著，「細節問過雨晨他們，關於最後他們記得的不多，總之能活著便謝天謝地。」

「……妖獸呢？闇行使解決了？」芙拉蜜絲緊張的問，母親點點頭，「媽，妳知道嗎，那隻妖獸是當初殺掉史——」

母親倏地緊握住她伸出來的手，眼神裡泛著柔情慈藹，「我知道，我都知道。」

芙拉蜜絲咬著唇，忍著不讓淚水滴落，她低垂下頭，剛剛那瞬間她什麼都記清楚了，與魑魅合而為一的蘆田太太，甘願成為怪物的陳醫生，還有那個當年虐殺她大弟的妖獸！

是她殺的！她幫大弟報仇了！

「大家都知道陳醫生的事嗎？」芙拉蜜絲越過母親，問著朋友。

兩個同學用力的點頭。

陳靖樺與蘆田太太兩件事引起軒然大波，因為這兩個人在鎮上都相當受到歡迎，陳靖樺幾乎是最受歡迎的婦產科醫生，多少孩子都是她經手，而且也細心照顧，沒有人想到她會認為降生是一種詛咒，甚至為妖獸偷孩子。

陳靖樺的確能輕易接近新生兒，也能領著妖獸到沒人會去的地下室，或許瘋媽早就留意到一切，所以搶在陳靖樺偷走容愛前，把孩子偷走了……她那天看見披著斗篷的是瘋媽，護著嬰兒奔離，在她身後的也的確是妖獸，原本躲在那兒，後來只怕因為她追下去的緣故，陳靖樺才被迫將妖獸移往王家空屋。

自治隊在王宏一家裡也找到了妖獸曾盤踞的痕跡，陳靖樺不是去關心王媽媽的，她是去找妖獸的，為牠找尋潛伏之處並送孩子餵食，只是不小心被巷口的張先生發現，陳靖樺藉機破壞了他們屋子的防護咒語，好讓妖獸飽餐一頓順便滅口。

蘆田太太身為魑魅，原本就是希望人與人之間內鬥，所以才一直在挑撥離間，希望大家能公審瘋媽，最後將之處死。促進人與人之間的懷疑跟嫌隙，是魑魅最愛的遊戲，在許多歷史中，被魑魅搞得全城俱滅的事情並不在少數，而且都是源自互相殘殺。

陳靖樺袒護蘆田太太，是因為知道她是魑魅，一開始她們就是一夥的，要偷走孩子對她們而言輕而易舉，尤其是陳醫生……在萬人林那天，只怕她們沒料到會有這麼多人入林，怎知遇上姐夫、約翰，還有他們……

在萬人林裡天色變暗、鐘朝暐射穿鬼獸眼睛那段過程，姐夫跟約翰不是沒聽見，而是被蘆田太太掩蓋，她刻意遮蔽他們的聽覺，不讓他們意識到身處危險之內，只是沒料到遇到他們三個。

藏孩子那塊地的樹木，應該是蘆田太太砍的，身為伐木者怎麼難得倒她？

再仔細想，藍色封鎖線是陳醫生她們封的，不管是醫生或是蘆田太太，她們當然會故意將外圍封得離地洞越近越好，不給他們躲藏的機會，這事不能怪朝暐，他是中途才接手的。

安娜的一念之差破壞了結界，讓非人得以侵入，原本努力照顧孩子的蘆田太太卻遇上了魑魅，為了活命與之融合；而陳醫生……在大家都努力活命的同時，認定了身為人是一種詛咒，所以她要結束詛咒。

她寧可成為妖獸，也不想當人，還想了結自己的「罪孽」，所以把孩子們送給妖獸吃，讓他們死亡，結束成為人的詛咒。

沒有人想過陳醫生會是這樣的想法，當人或許很辛苦，在這個時代有太多威脅，但為此想要成為非人；想成為「比人類高等」的非人，令人難以想像……至少對芙拉蜜絲而言，她想都沒想過。

成為妖獸，不就代表要殺人嗎？食人？她不可能做出那種事的。

「蘆田太太的七個孩子會先送到孤兒院再看有沒有人要領養，不然就是由鎮撫養了，至於棻棻她……為了孩子，會堅強的。」媽媽輕聲細語的說著，「這些事都不是妳該煩惱的，妳應該要好好休息。」

「我……」芙拉蜜絲終於把果汁喝完了，「我怎麼了？我記得我沒受什麼傷啊！」

「誰說沒有，妳手臂被割得好深呢！」江雨晨邊說邊抽泣，「我看過傷口，好嚇人喔！」

「……妳的傷口也不小啊。」鐘朝暐瞥了她的紗布。

「所以我才說可怕嘛！」江雨晨嘟囔著，「我還想到血人、還有安娜的頭骨……妖獸的臉，我每晚都做惡夢！」

是、是喔！鐘朝暐很認真的跟芙拉蜜絲交換眼神，基本上想到江雨晨暴走的模樣，他們有點難判定誰比較可怕？

「血人……對了，萬人林怎麼了！」芙拉蜜絲又打起精神了，「那邊真的是萬人的屍體嗎？」

「對！真的！」鐘朝暐激動的回著，「傳說是真的，那片萬人林幾乎是一夕之間長出來的，土壤就是萬人屍體！」

哇……芙拉蜜絲不由得讚嘆，「可是他們為什麼會把我們當成妖獸咧？這太怪了吧，他們都是人不是嗎？」

「欸，別又亂傳……哪真的有萬人，幾百人而已！」露娜笑著回頭看著鐘朝暐，「其他傳說都是真的，人類自己破壞封印，開啟地獄跟妖界的入口，所以一夕之間滅村，屍體成為惡鬼們的食物，闇行使發現時為時已晚，努力把惡鬼們趕回去，基本上人都被吃掉，哪來的屍體？」

「可是血人們……」

「那是靈魂，一夕被滅村的不甘願跟措手不及讓很多靈魂沒有離開，後來妖獸來了之後，便影響那些靈魂。」露娜將空杯放回托盤，「闇行使這次徹底的淨化過了，不過……好像還是有些靈魂相當執著，不願離開故土。」

「那……」芙拉蜜絲欲言又止，她想問醫院的地下室呢？「還有淨化別的、別的地方嗎？」

露娜瞅著她，若有所思，「妳覺得應該還有哪裡嗎？」

「呃……像、像……」

「王宏一他家燒了！堺大哥說乾脆一點，已經燒成灰燼，闇行使也處理了。」鐘朝暐以為芙拉蜜絲在擔心這個。

「噢。」她虛弱的笑笑，又躺了回去。

「好了，你們都下來吧，讓芙拉再睡一會兒！」露娜端起托盤，吆喝著他們。

「好！」江雨晨乖巧的起身，鐘朝暐還有些愛憐的望著芙拉。

芙拉蜜絲倒是皺眉，坐直身子，「媽，我不要再睡了，我覺得我睡夠多了，下頭好熱鬧，我想下去看看！」

「啊？」露娜錯愕，「妳可以嗎？還是多休息！」

「我躺夠了！」芙拉蜜絲伸出手，「雨晨，幫我一下！」

餘音未落，鐘朝暐握住她的手，小心翼翼的將她攙起，芙拉蜜絲笑著道謝，腳有點腫脹，上頭也有些傷口，但是都沒躺著痛苦。

「大家一定很開心，每個人都在等妳醒來呢！」江雨晨瞇起眼笑著，「都是因為妳幫了大忙。」

「最好我一個人做得到。」她咕了聲，「你們咧？」

「嘿……」江雨晨吐了吐舌，立刻苦笑，「不過我被警告了，爸媽說這是第二次了，我被禁足了。」

呃……芙拉蜜絲看向扶著她的鐘朝暐，他重重嘆了一口氣，一切盡在不言中。

糟糕，那她……她眼珠子轉向在門外的媽媽，露娜堆起最最可親的笑容，一句話也沒

說就先下樓去了——糟糕！她大驚失色，趕緊停下腳步拽拽鐘朝暐。

「我爸媽都沒說什麼嗎？」她可是在禁足期間跳窗逃走的耶！

「是沒說什麼，但是我們三個都別想好過。」鐘朝暐壓低聲音，「妳想，上次我們跟鬼獸打，這次跟妖獸打，三個高中生去幹這種事，連我都不知道為什麼會活下來，妳是父母妳能接受？」

芙拉蜜絲眨眨眼，鐘朝暐果然又漏了一個人，雨晨沒反駁，表示他們都不記得，這一次依然救她於水火之中的人。

法海。

「芙拉。」冷不防的，男人走上樓來。「妳沒事了嗎？」

「……爸！」芙拉蜜絲尷尬的笑著，「我很好！我醒了！」

「完全清醒？」爸爸打量了她一圈，「那好，先說，禁足到學期末為止。」

爸爸乾淨俐落，語畢轉身就走，芙拉蜜絲連辯解的機會都沒有，轉過去悲情的看著鐘朝暐，然後白眼一翻，直接往後倒去。

「我還是假裝沒醒好了！」她對鐘朝暐吐吐舌。

「咦？芙拉！芙拉！」

「怎麼回事？！」樓下聽見樓梯間叫喚聲，一干人等都驚訝了，「芙拉蜜絲醒了？」

「她又暈過去了啦！」

萬人林深處。

小小的男孩倏地從樓梯上被打飛，直接撞上了擱在角落的櫥櫃，砰磅聲響，櫃子上的東西紛紛掉落，男孩痛得摔落地！

「嗚……」他一臉無辜的模樣，痛得眼淚直流。

眼前是豪氣寬廣的紅毯階梯，上方平台的織錦椅子邊站著削瘦的少年，他正理著絲質襯衫的袖子，舉手投足極其優雅，英挺的側臉緩緩轉過來，綠寶石般的眸子睨著他。

「知道為什麼嗎？」

男孩囁嚅的撐起身子，委屈樣的點點頭。

「到這裡前我叮囑過，你要當不存在的人……結果呢，不但被看到，還跑去找芙拉？」

少年冷傲旋過身，隻手對著男孩舉起，男孩身體跟著飛起來，「你是活得不耐煩了嗎？」

「不要……」男孩驚恐的嚷著，餘音未落，少年手向右邊揮去，男孩往最右邊牆面上狠狠撞去！

砰咚的撞上堅硬的磚牆，男孩撞得滿頭滿臉都是血，再度重摔落地。

「你的生死操之在我。」少年忿忿的走下階梯，「我不需要不聽話的人。」

「對不起……對不起！」男孩可憐兮兮的說著，「我有將功贖罪了，我跑去萬人林了，讓妖獸吸我的血肉……」

少年停下腳步，昂起漂亮的臉，「時間算得很好，戲也演得很好，至少觸動了芙拉的心。」

男孩趴跪在地上，大顆眼淚撲簌簌掉著，連血都不敢擦。

「還痛嗎？」少年口吻突然變得溫柔。

額頭貼著地的男孩搖了搖頭，不敢喊痛。

「我餓了。」他旋身往樓梯上走去。

男孩聞言立刻痛苦的起身，趕緊跑到廚房去準備，他打開冰箱，拿出儲存好一包包的袋子，自裡頭倒出鮮紅濃郁的血液，注入蝴蝶蘭瓷壺裡，俐落地放上托盤，一路送上樓梯，奉給坐在椅上的主人。

「現在曝光了，你就必須融入人類生活。」少年懶洋洋的躺在椅子上，男孩恭敬的斟滿一杯紅血，「以後是不會無聊了。」

男孩點點頭，什麼表情都不敢有的遮上骨瓷茶杯；少年瞥了一眼，微微一笑，伸出手撫上男孩的臉，男孩嚇得臉色發青，直覺向後退了一下。

「嗯？怕什麼？」少年勾起嘴角，在他滑嫩的臉頰上輕撫，「給你喝吧，你比我需要。」

「咦？」男孩一陣驚愕，嚇得連忙跪下，「我不敢！對不起，主人，我……」

「幹什麼？你被妖獸傷了，本來就該補充，都給你喝。」少年笑了起來，優雅起身，「有點可惜，我想要那個魍魅的……」

男孩捧著杯子，戰戰兢兢的不敢動彈。

少年回身，看著那緊繃的身體噗哧一聲，「叫你喝你就喝，不想喝嗎？明天就要入學，別真的拎一張慘白的臉去學校！」

「……是。」男孩恐懼的回著，滿腦子不可思議。「真的可以去上學嗎？」

「知道你想去，待在屋裡很無聊吧？」

「不會，我有好多事要做呢！我要打掃，要幫忙收集食物，上次讓很多工人受傷，才收集到好多食物呢！」

「食物不難，隨便讓幾個人受點傷就有，現在狀況變成這樣，我們都得做好準備。」少年嘆了口氣，對這變化不是很高興，「這裡是亞洲區，英語是共通語言，但很多人私下溝通還是用當地方言……這裡很多人用古中文。」

男孩點點頭。「我會說古中文！」

「人類很愛問問題，你為什麼會說古中文？怎麼說得這麼好？在南亞時住在哪裡？跟哥哥之外還有跟誰在一起？」

「因為保母的母語是古中文，所以我講得流利，在南亞時我還小，都跟哥哥及保母在一起，其他記不得。」男孩機靈的回答，喝了幾口杯中的紅血，欸，好好喝。

「不許出紕漏，知道嗎？」少年瞪著他。

男孩點頭如搗蒜，他不能也不敢。

「明天開始我會接你放學，記得在學校等我。」他說得很無奈，真是煩。

男孩瞪圓了雙眼，「您、您要接我回家？」

「廢話，學校就在附近，相依為命的哥哥怎麼可能會讓七歲的弟弟單獨回去？更別說這個鎮才死了幾個孩子。」別以為他願意，「好了，快點喝一喝，等等去把制服燙好。」

「是！」男孩一鼓作氣咕嚕咕嚕喝完，超好喝的，他有種元氣飽滿的感覺。

喝畢端起托盤，才咚咚的往樓梯下走去，卻突然止了步——咦？他倉皇失措的回頭往上看去，少年已經站起來了。

不會吧……

「快把東西洗乾淨，漱口，瞧你滿嘴都是鮮血！」他指向廚房，「快去！」

「是！」男孩咻地往廚房去，速度極快，但才到廚房，卻發現少年更快的來到他面前，嚇得他差點滑掉托盤。

少年雙手撫過他的臉頰與額頭，傷痕即刻消失，再疾速的離開，連點殘影都沒留下。

同一時間，門外傳來了聲音。

「法海——法海你在嗎？唷喝！」芙拉蜜絲敲著門，砰砰砰砰，「是這裡吧？」

「應該是啊，這附近就這間……他也住太好了吧！好大的別墅喔！還有前庭！」江雨晨的聲音跟著響起，「沒有電鈴耶，不在家嗎？」

「他真的住在萬人林裡，好強，他都不怕的嗎？」鐘朝暐正掠過窗邊，法海看著窗外的影子，知道他正往裡頭看，但是霧化玻璃是什麼都瞧不見的。

「我也正想問他，完全沒跟鎮上登記入住資訊。」

法海聽見最後一個人的聲音時，綠色眸子閃過一絲光芒，真是不速之客。

「法海！唷喝——」芙拉蜜絲還在敲，「你一定在家，今天星期六耶，我們來找你玩了！法海——」

男孩走了出來，兩眼骨碌骨碌轉著，有些不解的仰首望著法海。

「看來沒有安寧日子過了。」他搓搓男孩的捲毛頭髮，「別忘了你的歲數。」

男孩狡獪的笑著，比了一個七。

砰砰砰！芙拉蜜絲正用力敲著，忽然聽見裡面門閂打開的聲音，咿歪門一開，沒敞開的門縫中出現的是王子的臉龐。

「很吵。」他一開門就沒好口氣。「外面鐵門上寫著生人勿近沒看見嗎？我還用古中文寫的！」

「嗨，我也很高興見到你！」芙拉蜜絲推著門，卻推不動，「我想進去啦！」

「我沒邀請妳。」法海不解的皺眉，「妳不是還在昏迷嗎？也好得太快了？」

「想我嗎？就你沒來看我！」芙拉蜜絲鼓起腮幫子，「有夠沒同學愛的。」

「沒死幹嘛看？」他嘆口氣，掃視著眼前每一位，「喂，你們都跑來我家幹嘛。」

「參觀啊！都沒來過你家呢！」芙拉蜜絲一步踏上門階，幾乎都要往那門縫塞，「讓我進去看看嘛！這麼不好客！」

法海有些無奈，低首看著芙拉蜜絲捧著的盒子，她見狀立刻舉起搖搖，香味四溢，看來裡面是蛋糕之類的；江雨晨也立刻舉起手中的紙盒，她做了巧克力派，想著有小孩子愛吃。

鐘朝暐連一點笑容也沒有，他也帶了餅乾來了，要不是不想讓芙拉跟法海單獨相處，他才懶得來這傢伙的家呢。

「Du Xuan，泡茶。」法海終於敞開了門，像紳士般的伸直左手，「請進。」

芙拉蜜絲喜出望外的走進去，哇啊的讚嘆聲此起彼落，江雨晨進去都傻了，這也太漂亮了吧，這根本是十八世紀時中古歐洲的裝潢啊！

「大家好。」小小的男孩堆起可愛笑容，行禮鞠躬，「我是 Du Xuan。」

芙拉蜜絲低首看向他，立刻蹲下身子一把抱過他，「你沒事真是太好了！」

呃……Du Xuan 眨了眨眼，露出一派天真笑靨。

站在門外的堺真里雙手抱胸，他從不知萬人林裡有這種建築，他清查過東北角，只有廢屋，就算能住人也不可能如此完整。

上前一步，法海卻走出來，擋住他的去向。

「怎麼？不歡迎我？」堺真里瞇起眼。

「不歡迎。」法海講得直白，「有事快問，我只歡迎我同學。」

咦？芙拉蜜絲回過身，法海怎麼醬子啦！

「這屋子怎麼回事？」堺真里挑了挑眉，「這裡能有的屋子早就頹圮了。」

「整修啊，我還滿有錢的。」法海聳了聳肩，「我會去登記的，放心好了。」

堺真里深棕色的眸子盯著他，兩個人氣氛緊繃卻沒有言語，但彷彿都明白對方在盤算什麼。

「別惹事。」堺真里後退一大步，食指比著他出聲警告。

「惹事的不會是我。」法海俊美的笑著，「你該煩惱的是鎮上的。」

咦？堺真里怔了住，斂起笑容——鎮上？

「你——」他才想要問，那扇雕花門卻在他面前砰的關上了！

「法海，那是真里大哥耶，你為什麼不讓他進來？！」芙拉蜜絲在裡面嚷嚷。「不是他保我的話，爸媽不讓我出來的耶！」

「那是妳大哥，又不是我的，我不想讓他進來。」法海叨唸著，「這是我家，妳少囉哩叭唆，Du Xuan！去泡茶給哥哥姐姐們喝！」

「別鬧了，他這麼小，我去泡！」江雨晨趕緊護小。

「妳手能動嗎？到客廳來吧，Du Xuan 沒問題的。」聲音漸漸遠離門邊。

「你們家好炫，你叫法海，你弟是許仙喔？」鐘朝暐發出了最終疑問。

「……，Du Xuan 你哪隻耳朵聽見像許仙？」

「法文真的好難唸，就許仙吧！」

「哇，許仙耶！好可愛！」

「許……喂！你們現在可以回家嗎？」

「哇，好童話的樓梯喔！芙拉妳看——」

堺真里聽著裡頭的歡樂，腦子裡想著是法海剛剛的話語，鎮上……難道還存在著什麼嗎？

尾聲

莊嚴神聖的教堂裡，吳菜菜揹著嬰兒跪著祈禱，祈求天父能讓她的丈夫前往天堂，因為他是個為了孩子奮戰的好父親。

「菜菜。」神父徐步而出。

「凱利神父。」她起身，微笑中依然帶著憔悴。

「妳還好嗎？有事儘管找我們。」

「不，我沒事，我有孩子要照顧，我會連同得堯的份一起努力。」吳菜菜堅強的閃爍雙眼，「我想讓容愛下個月受洗，再請您安排。」

「啊啊……好，沒問題！」凱利神父輕柔地摸摸沉睡中的嬰兒，「她是備受關愛的孩子，主一定會眷顧她的！」

吳菜菜再三道謝，胸前劃了個十字，帶著孩子離開了教堂。

後頭走出另一個神父，剛好看見吳菜菜離開的背影，「啊，那是菜菜嗎？」

「啊，白神父！」凱利神父轉回頭，像是被嚇了一跳，「是啊，為母則強，她會沒事的！」

「希望如此，主會保佑她的。」白神父點點頭，緩步上前。「凱利神父，告解室有人想告解，正在等您呢。」

「啊，我立刻過去，謝謝您！」

凱利神父立刻前往告解室，也旋身入內，在不安定的年代，信仰更是人們的寄託與依賴。關上門的告解室就像木箱子中間隔了道多孔木牆，一端坐著要告解的人。

「神父，我有罪。」對面的孩子說話了。

「孩子，你犯了什麼罪？」凱利神父緊握著十字架，準備聆聽告解。

眼尾瞥向那多孔的木牆，卻看見有什麼東西從那孔洞裡鑽了出來……咦？一條接著一條，塞滿所有孔洞：蟲？

「咦？」神父怔了住，才倒抽一口氣，那粉色如蚯蚓的東西倏地直衝而來，瞬間穿進他的身子！「啊……」

神父張大了嘴，感受著一條條的東西刺入他的身體，正緊緊裹住他的心臟！

『我有罪……嘻嘻……』尖銳但微細的聲音傳來，『殺了神父的罪……』

「啊啊啊……」神父感受到那些蟲一點一滴的鑽進他的心窩，痛苦的隻手摀住胸口。

『親愛的神父，我給你兩個選擇……』告解室裡的人輕聲細語著，『你是要這樣痛苦死去，還是與我融合，成為一體——繼續活下去呢？』

神父瞠圓的雙眼看不清另一端搖晃的黑影，長蟲在他身子裡鑽著，他顫抖著望著不知名的黑暗，臉色逐漸泛白。

然後，左手始終緊握著的十字架，鬆開了。

鏘！

The End

後記

登愣，帥到翻的法海與一直被禁足的芙拉再度閃亮亮登場啦！

故事來到第二集，擴大了鎮上的範圍，也多了傳說跟過去的事情，芙拉的潛力十足，朋友們的鍛鍊也將加強，以後都得變成可以獨當一面的厲害角色……是說如果有芙拉這種朋友，不變強大也很難厚？

雖說背景是在五百年後的辛苦世界，不過這次的題材選了前一陣子很流行的「擄小孩」。之前曾在 FB 盛傳當街擄小孩的訊息，不過有些消息證明是編造的，雖說立意為善，可是界線有時還是要拿捏好，不然跟便當事件一樣就不好了；但是絕對有擄小孩的事情，否則不會有這麼多失蹤兒童案件。

誘拐孩子的人實在都很可惡，他人辛苦懷胎十月生下的寶貝，悉心照顧如心頭肉，他們一朝搶走販售，剝奪的是他人的愛，對父母而言比死還難受，但是歹徒們均是冷血無情，他們會在乎，就不會做這些事了。

那接著讓我想到，小學時我們附近有個阿姨很怪，一開始並不覺得哪裡奇怪，只知道上學時她會出現在學生多的地方，一個個檢查大家的服裝儀容，還要大家對她敬禮說老師好。

小朋友哪會分？我們每天都乖乖的說老師好，帽子衣服沒穿戴好的，她會挺粗暴的拉過去整理，有時還會兇邊走邊吃早餐的學生……直到我發現她也會對著空氣叫空氣紮好衣服時，我才知道她應該不是真的老師。

不過正常狀況下她不會有什麼攻擊性，除了要大家排好隊，或是肢體接觸時會有點粗魯外，其他都還好；像有人戴著口罩上學，她還會很心疼的問怎麼感冒了？有人路上咳嗽，她還會遞糖果要他保重。

後來也是聽說，那阿姨過去的確曾是老師，育有孩子，孩子因為意外喪生後，她的精神狀況就每況愈下，後來就變成那個樣子了。

瘋媽便是這樣一個真實人物的演化。想著或許有這麼一個人，他或許精神不正常，但是他是真心愛著孩子，當然不是說這樣的行為是正確的，只是如果有一天自己的孩子失蹤被擄了，住所區域內也住著一個瘋媽，是否會認定是瘋媽、是否也會情緒失控的攻擊她？

這沒有是非對錯，這是正常的，一如在國外，住家區域如果有前科犯，或是戀童癖前科犯，一旦有孩子出事，他們也一定是首當其衝的嫌疑犯。

只是設想這樣的環境與狀況，有時候曾為惡者並非所為皆惡，有時均為善者並非真是善人。

最後當然也埋下伏筆啦，這世界怪物太多了，都是人們自找的啦，至於芙拉的潛能、法海的目的、鐘同學的少年郎心思，雙重人格能不能和平相處，還有許多數不完的秘密跟冒險，等著禁足高中生們去發掘。

還有我帥呆的法海，他可不只收蛇妖喔 XDDD

最後，祝大家新年快樂，二〇一四全年皆旺喔！

P.S. 有人發現這系列我藏了一個迷人人物進去了嗎？

◎歡迎到我的粉絲專頁來玩喔！

愛死芙拉的笭菁

妖異魔學園

DEVIL ACADEMY：CHILDREN'S MAY DAY

兒童劫

等菁作品06

作者	等菁
封面繪圖	MOON
封面設計	克里斯
內頁編排	三石設計
總編輯	莊宜勳
主編	鍾靈
編輯	黃郁潔

出版者	春天出版國際文化有限公司
地址	台北市信義區信義路四段458號3樓
電話	02-7718-0898
傳真	02-7718-2388
E-mail	frank.spring@msa.hinet.net
網址	http://www.bookspring.com.tw
部落格	http://blog.pixnet.net/bookspring
郵政帳號	19705538
戶名	春天出版國際文化有限公司
法律顧問	蕭顯忠律師事務所
出版日期	二〇一四年二月初版
定價	220元

總經銷	楨德圖書事業有限公司
地址	新北市新店區寶興路45巷6弄6號5樓
電話	02-8919-3186
傳真	02-8914-5524

國家圖書館出版品預行編目資料

妖異魔學園：兒童劫/ 等菁作.
-- 初版. -- 臺北市 : 春天出版國際, 2014.02
面； 公分
ISBN 978-986-5706-01-2 (平裝)

857.7 103000869

ISBN 978-986-5706-01-2
Printed in Taiwan